菲律賓・華文風 叢書 04

來中望所去 去中覓所來

——謝馨詩作賞析

施穎洲 等著

楊宗翰 主編

【主編序】

在台灣閱讀菲華，讓菲華看見台灣

——出版《菲律賓・華文風》書系的歷史意義

楊宗翰

很難想像都到了二十一世紀，台灣還是有許多人對東南亞幾近無知，更缺乏接近與理解的能力。對台灣來說，「東南亞」三個字究竟意味著什麼？大抵不脫蕉風椰雨、廉價勞力、開朗熱情等等；但在這些刻板印象與（略帶貶意的）異國情調之外，台灣人還看得到什麼？說來慚愧，東南亞在台灣，還真的彷彿是一座座「看不見的城市」：多數台灣人都看得見遙遠的美國與歐洲；對東南亞鄰國的認識或知識卻極其貧乏。他們同樣對天母的白皮膚藍眼睛洋人充滿欽羨，卻說什麼都不願意跟星期天聖多福教堂的東南亞朋友打招呼。

台灣對東南亞的陌生與無視，不僅止於日常生活，連文化交流部分亦然。二〇〇九年台北國際書展大張旗鼓設了「泰國館」，以泰國做為本屆書展的主體。這下總算是「看見泰國」了吧？可惜，展場的實際情況卻諷刺地凸顯出台灣對泰國的所知有限與缺乏好奇。迄今為止，台灣完全沒有培養過專業的泰文翻譯人才。而國際書展中唯一出版的泰文小說，用的還是中國大陸的翻譯。試問：沒有本土的翻譯人才，要如何文化交流？又能夠交流什麼？沒有真正的交流，台灣人又如何理解或親近東南亞文化？無須諱言，台灣對東南亞的認識這十幾年來都沒有太大進步。台灣對東南亞的理解，層次依然停留在外勞仲介與觀光旅遊——這就是多數台灣人所認識的「東南亞」。

東南亞其實就在你我身邊，但沒人願意正視其存在。台灣人到國外旅遊，遇見裝滿中文招牌的唐人街便倍感親切；但每逢假日，有誰願意去台北市中山北路靠圓山的「小菲律賓」或同路段靠台北車站一帶？一旦得面對身邊的東南亞，台灣人通常會選擇「拒絕看見」。拒絕看見他人的存在，也許暫時保衛了自己的純粹性，不過也同時拒絕了體驗異文化的契機。說到底，「拒絕看見」不過是過時的國族主義幽靈（就像曾經喊得震天價響，實則醜陋異常的「大福佬（沙文！）主義」），只會阻礙新世紀台灣人攬鏡面對真實的自己。過往人們常囿於身分上的本質主義，忽略了各民族文化在歷史上多所交融之事實。如果我們一味強調獨特、純粹、傳統與認同，必然會越來越種族主義化，那又如何反對別人採用種族主義的方式來對付我們？與其矇眼「拒絕看見」，不如敞開心胸思考：跟台灣同樣擁有移民和後殖民經驗的東南亞諸國，難道不能讓我們學習到什麼嗎？台灣人刻板印象中的東南亞，究竟跟真實的東南亞距離多遠？而真實的東南亞，又跟同屬南島語系的台灣距離多近？

台灣出版界在二〇〇八年印行顧玉玲《我們》與藍佩嘉《跨國灰姑娘》，為本地讀者重新認識東南亞，跨出了遲來卻十分重要的一步。這兩本以在台外籍勞工生命情境為主題的著作，一本是感性的報導文學，一本是理性的社會學分析，正好互相補足、對比參照。但東南亞當然不是只有輸出勞工，還有在地作家；東南亞各國除了有泰人菲人馬來人，也包含了老僑新僑甚至早已混血數代的華人。《菲律賓・華文風》這個書系，就是他們為自己過往的哀樂與榮辱，所留下的寶貴記錄。

東南亞何其之大，為何只挑菲律賓？理由很簡單，菲律賓是離台灣最近的國家，這二、三十年來台灣讀者卻對菲華文學最感陌生（諷刺的是：菲律賓華文作家在一九八〇年代以前，一度以台灣作為主要發表園地）（註一）。東南亞各國中，以馬來西亞的華文文學最受矚目。光是旅居台灣的作家，就有陳鵬翔、張貴興、李永平、陳大為、鍾怡雯、黃錦樹、張錦忠、林建國等健筆；馬來西亞本地作家更是代有才人、各領風騷，隊伍整齊，好不熱鬧。以今日馬華文學在台出版品的質與量，實在已不宜再說是「邊緣」（筆者便曾撰文提議，《台灣文學史》撰述者應將旅台馬華作家作品載入史冊）；但東南亞其他各國卻沒有這麼幸運，在台灣幾乎等同沒有聲音。沒有聲音，是因為找不到出版渠道，讀者自然無緣欣賞。近年來台灣的文學出版雖已見衰頹但依舊可觀，恐怕很難想

---

*註一：台灣跟菲律賓之間最早的文藝因緣，當屬一九六〇年代學校暑假期間舉辦的「菲華青年文藝講習班」（後改為「菲華文教研習會」）。此後菲國文聯每年從台灣聘請作家來岷講學，包括余光中、覃子豪、紀弦、蓉子等人。一九七二年九月二十一日總統馬可士（Ferdinand Marcos）宣佈全國實施軍事戒嚴法（軍統）之後，所有的華文報社被迫關閉，所有文藝團體也停止活動。後來僥倖獲准運作的媒體亦不敢設立文藝副刊，菲華作家們被迫只能投稿台港等地的文學園地。軍統時期菲華雖無出版機構，但施穎洲編的《菲華小說選》與《菲華散文選》（台北：中華文藝，一九七七）、鄭鴻善編選的《菲華詩選全集》（台北：正中，一九七八）卻順利在台印行面世。八〇年代後期，台灣女詩人張香華亦曾主編菲律賓華文詩選及作品選《玫瑰與坦克》（台北：林白，一九八六）、《茉莉花串》（台北：遠流，一九八八）。

像「原來出版發行這麼困難」、「原來華文書店這麼稀少」以及「原來作者真的比讀者還多」——以上所述，皆為東南亞各國華文圈之實況。或許這群作家的創作未臻圓熟、技藝尚待磨練，但請記得：一位用心的作家，應該能在跟讀者互動中取得進步。有高水準的讀者，更能激勵出高水準的作家。讓我們從《菲律賓・華文風》這個書系開始，在台灣閱讀菲華文學的過去與未來，也讓菲華作家看見台灣讀者的存在。

目次

菲華新詩來龍去脈

施穎洲

謝馨是今日菲華社會名氣最響亮的詩人。她是一個傳奇人物：參加過首屆中國小姐選美，做過電臺播音員，空中小姐，現在又在主持電視節目。她並不比自由詩社諸詩人年輕，起碼已有二十年詩的修養，卻於六年前才開始發表作品，一鳴驚人。她沉浸於古典詩詞及現代英詩，情感充沛，想像深遠，文筆雅麗，技巧新穎，是菲華主要詩人最多產的，而她筆下首首都是佳作。她的才華，連莊垂明也自謙不如。她和最暢銷的詩集作者席慕蓉一樣，能畫，能詩，作風明朗；但她的詩句並不淺白無味。最近二年，她的作品連續入選臺北出版的年度詩選。今年詩人節，臺北聯合報副刊徵詩，從數以千計的投稿，選出七首，謝馨的〈脫衣舞〉是入選的一首，謹錄於後：

大旱之眼仰望
霓裳，徐徐飄落……自天體
無雲的天空，該有一幅
皎潔的月……啊！那樣渾圓的輪廓

而羽衣緩緩鬆解後的
天鵝湖，是一片明淨原始的
赤裸……啊！那樣的山，那樣的水
　　那樣柔和的線條

明顯的，藍菱、莊垂明、謝馨，已經相繼登上中國詩壇的最高層。

詩之美——給一位朋友的信

李怡樂

近來，你對現代詩感到興趣，希望「交換點讀詩心得」——我很樂意接受你的提議。雖然有關詩學上的問題，我從來沒有系統的探討過，所知道的只是些皮毛而已。但我會知無不言的，若有不妥之處，來信特請給予指正。

詩是多樣的（無論傳統詩或現代詩）。有的抒發愛國愛民之思，有的表達恩怨恨愛之情，有的描繪湖光山色之景……我認為，能成為傳誦千古的優秀詩篇，與當時選用何種題材創作並無多大關係。例如：杜甫的〈石壕吏〉、李白的〈蜀道難〉、白居易的〈長恨歌〉、崔顥的〈黃鶴樓〉、張若虛的〈春江花月夜〉，文天祥的〈正氣歌〉……等等，同樣一直流傳至今。

真正好的藝術作品，都具有強烈的「魅力」，使讀者如癡似醉，廢寢忘食。宋朝詩人陸游少年時「偶見藤床上有濂明詩，因取讀之，欣然會心，日且暮，家人呼食，讀詩方樂，至夜，卒不就食。」以我個人經驗來說，讀到好詩時，有直覺的清新感，嚼下去，越嘗味道越美。美就美在詩篇一開頭就吸引人，自然流暢的語句不斷誘發我的想像力，直至結尾還令人繼續浮想聯翩；作者所表達的意思，獨特巧妙。如果你覺得這樣講大「理論」，請看下面一首小詩：

大旱之眼仰望
霓裳，徐徐飄落……自天體
無雲的晴空，該有一幅
皎潔的月——啊！那樣渾圓的輪廓
而羽衣緩緩鬆解後的
天鵝湖，是一片明淨原始的
赤裸——啊——那樣的山，那樣的水
　　那樣柔和的線條

此詩是菲華女詩人謝馨的〈脫衣舞〉。

脫衣舞也是一種藝術，舞者經過一段時期的嚴格訓練，經過考核才正式登臺表演，配合著樂曲的旋律，給觀眾以線條動態美的欣賞。當然，觀眾是各種各樣的。如遊覽名勝古剎，藝術家的眼睛是端詳壁畫裡的構圖、組合，以及臺柱上書法的古樸、蒼勁。而老鼠們的眼睛卻專注於供桌上的包子和尋找牆根下的洞穴。也許，你會說，世界上老鼠絕對比藝術家多。卻是屬於詩外的問題，這裡不管閑事。

若用散文形式來寫「脫衣舞」，或許要渲染一下表演場所內的氣氛，描寫一番舞窈穿的身材，優美的舞姿，交代觀眾的反應等等。但是，詩就是不一樣，詩是「真實同想像美滿結合誕生的嬰兒」，作者要運用特殊的技巧去創作。

此詩第一段寫舞臺下觀者內在的思維。

「大旱地之眼仰望」——即渴望。誰在渴望觀賞演出呢？作者沒有指明，卻有暗示。這種表演，舞者一般都是女性，觀大多數是男性（兒童不值觀看）。「旱」「漢」諧音，「大漢」即是大男人。「仰望」表明觀者在臺下。寥寥幾個字，精簡、準確。寫詩的人要相信讀詩的人有足夠的能力思考，千萬別把詩寫成「說明書」。

「霓裳，徐徐飄落……自天體」這第一行詩句寫得頗巧妙。不是妙在句型的倒裝，而是使讀者和「大旱之眼」一起看到，仙女的衣服（霓裳），徐徐、輕輕的飄降，想像那舞者的動作有般的飄逸輕盈。略一凝神，似乎還可閒到古雅優美的「霓裳羽衣曲」。

第三行詩句裡，一個「該」字點明了「脫」前觀者內心的思維活動，同時描繪出舞臺上的情景：四周燈光熄滅，唯留一束圓形的照射在舞者的身上。這一幅畫，正是「無雲的晴空」裡有一輪「皎潔的月」！薄紗之內隱約的輪廓是那樣「渾圓」。至此，讀者會禁不住與詩中的觀者同時發出讚嘆。原來，「月」屬陰性；在子典的部首裡，「月」與「肉」有著微妙的關係。「晴空」既不掛一絲雲，也無佈兩解「大旱」之渴意。顯然這是有別於邪道行業術表演。由此可見，文字功力之深厚，詩中的含蓄美，簡直無以復加。

此詩第二段寫舞臺上人體的線條美。

「羽衣緩緩鬆解後的」。詩句故意一頓，然後於第二行突出「天鵝湖」一詞，中西合璧銜接得天衣無縫，實在高明。作者把「霓裳羽衣」分開，果然另有妙處，創造出相關連的意境，引導讀者去聯想，聯想芭蕾舞劇「天鵝湖」中，天鵝的「羽衣緩緩鬆解後」動人的情節；引導讀者去想像，任管弦樂清晰悅耳的旋律下，舞者漸漸凸顯「一片明淨原始的赤裸」。這種牽引的手法，可充分發揮讀者的想像潛力，以達到事半功倍的效果。

想像，是創作詩和欣賞詩的共同法寶。作者通過想像創作的意象，讀者也必須通過想像進行再創作。第二段的第三行有兩個感嘆：感嘆「那樣的山」，感嘆「那樣的水」。所謂「山」「水」，是寫詩常用的一種技巧：「代替」，善於想像的讀者很快就會領悟所替代是什麼。「山」主靜止、挺立，「水」主流動、平伏。舞者的動作，就是靜與動的有機結合；隨樂而舞，剛柔起伏無不牽動著人體「山水」線條的相應變化，淋漓盡致地呈現出賞心悅目的「柔和」美。

〈脫衣舞〉一詩雖小，意境卻廣闊高達；引發讀者聯想，想像的範圍涉及古今中外，全詩卻嚴謹而不鬆散。起首「仰望」，「柔和的線條」結尾，三個感嘆其中，結構完整，主題思想明確。作者技巧運用純熟，行筆輕快、靈活，一字兩用，一詞多義。全詩給人的感覺是清新而不繁雜，秀美而不嫵媚，雅趣而不庸俗。

析謝馨的〈絲棉被〉

和權

一九八一年，菲華文藝復興，謝馨一直埋首努力創作，詩的產量甚豐；她的作品散見於菲華各文藝副刊，以及國內詩刊雜誌，博得詩壇無數的讚譽。

謝馨的詩，大部分充滿婉約班駁的意象，散發著淒清淡淡的哀愁。〈絲棉被〉這篇，是女詩人對著「絲棉被」傾訴一己的願望與心聲。詩人企圖借「絲棉被」這個意象暗喻故國，以及表現自己的慕情。全詩如下：

當然我無意
重複抽絲
剝繭的過程：由蛹

至蝶，遠溯至
老莊底夢境

我只延著絲路，尋覓
溫柔鄉
的位置：彩繡的
地點，在被面
勾勒出東方
旖旎的經緯。織錦的
羅盤，由纖細的花針
指向古典
琴瑟的一絲一弦

點燃一隻紅燭；低吟
　一首藍田
種玉的晦澀詩篇

啊！溫柔鄉
雲深，霧重
虛無飄沉如芙蓉帳
閉上眼，依稀聽見
春水暖暖
自枕畔流過……

上詩以懷念遙遠的家園與傾慕悠久的文化為主題；表現出一種纏綿、迷戀、留戀不捨的情懷。此詩意象層層地剝露，意味含蓄而深邃。

全詩分三段，第一段講述作者就寢前，對著「絲棉被」聯想翩翩。「當然我無意，重複抽絲剝繭的過程」，雖說無意一一指出不加深究造成今日為人矚目的「中國」之原因，但詩中已暗示了「泱泱大國」，自有其複沓的過程。

「抽絲剝繭」的過程：「由蛹至蝶，遠溯至老莊的夢境」，作者有意無意地點出：很久以前，中國即有許多偉大先賢，「莊子」就是其中之一。

到底是老莊夢見蝴蝶？還是蝴蝶夢見老莊呢？作者很技巧的以「老莊的夢境」，表達出我國擁有了悠久的文化。早在千年前，我國已有哲人著書立論，這就是我們之所以被稱為「文明古國」的原因。

如果，我們要在此中追求歧義的話，那「當然我無意重複抽絲剝繭的過程」，可以解為主述者已無意抽掉「情詩」，也不想追究造成今日「作繭自縛」的原因：「老莊的夢境」，則可以代表主述者的「人生觀」。「蝶夢」曲出莊子「齊物論」：「昔者莊周夢蝴蝶，栩栩然蝴蝶也，自喻適志與！不知周也。俄然覺，則蘧蘧然周也。不知周之夢為蝴蝶與，蝴蝶之夢為周與？」或者詩中主述者有過一段快樂的時光，而到底是詩人在做夢，還是詩人根本就在美夢中?!

除了五千年文化之外，中國還有錦繡的山河。第二段「我只延著絲路，尋覓溫柔鄉」，作者在寂寞的夜裡，對著「絲棉被」聯想到美麗的故國，意欲搜尋它的位置。在此，尋覓「溫柔鄉」引申出來的，不只是懷念「美麗故國」暗示，「溫柔鄉」又象徵著情人的懷抱。人在孤獨中，想念著遙遠的戀人，一如想念著遙遠的美麗家園。

「彩繡的地點，在被面，勾勒出東方旖旎的經緯」，頓時，錦繡的山河與明媚的春光，呈現在讀者面前。而主述者對著旖旎的經緯，就好像對著旖旎的往事一般。

「織錦的羅盤，由纖細的花針，指向古典，琴瑟的一絲一弦」，在此「絲棉被」變成了「羅盤」，「纖細的花針」變成了「指南針」，繁複的意象，能把主題深刻地挖掘出來。「花針」指向古典，指向琴瑟的一絲一弦，使讀者腦中浮現了千年前的樂器，再一次暗示我國擁有悠久的文化，充分地把詩人戀慕故國的心境，襯托了出來。「琴瑟的一絲一弦」並且蘊含「琴瑟之樂」之義，暗示主述者懷念著往日與戀人相處時的「琴瑟之樂」。

第三段，「點燃一隻紅燭，低吃一首藍田種玉的晦澀詩篇」，那是個孤獨的境界，而在搖曳的燭光中，吟詩唱詞，也是一種「懷古」的行為吧？「點燃一隻紅燭」，會使人想到我國的「洞房花燭之夜」，而為何紅燭不成對呢？為何僅只點燃一隻紅燭？在此，一隻紅燭又象徵著寂寞孤單的詩人。「藍田種玉」，許會使人想到「夫婦的恩愛情景」。

「啊！溫柔鄉，雲深霧重」，祖國在遙遠的雲中霧中，看不見，摸不著，所以詩人說「虛無飄渺如芙蓉帳」。

「閉上眼，依稀聽見，春水暖暖，自枕畔流過……」詩人緩緩地閉上了雙眼，而依稀聽見了故國的輕柔呼喚，以及戀人的蜜語甜言……

〈絲棉被〉一詩寫得很含蓄，卻表現出中國人的懷鄉思古之情與女性的纏緜柔情。此詩，作者把心中之「情」表達得淋漓盡致，令人低迴不已。

俠骨柔情——譯〈女將軍〉有感

施約翰

近來我翻譯了一些新詩，〈席朗女將軍〉全詩一百多行，是最長的一首，也是唯一的戲劇化獨白詩（DRAMATIC MONOLOGUE POEM）。

我有心翻譯一系列菲華作家的新詩，埋頭做了一年多，已經有難以為繼的感覺。這一方面是因為我這一陣比較忙，另一方面，是我們的社會似乎認真創作的人少，塗鴉的人多，以致選擇的時候，有詩難求，好詩更難求的現象。無論寫詩或是譯詩，總要對繆司有個交代，不能把一行一行的玩意兒都算是詩，這才是最大的苦處。如果譯來譯去都是少數幾個人的作品，還成什麼系列，自己也無趣得很！

最近有機會看到這一首〈席朗女將軍〉，作者雖然還是那少數幾個人之列，作品卻是難得一見的好詩，體式、技巧、結構、題材、想像、情感、思想、境界、以至主題，都是一時之選。在荒漠中枯渴探搜的人，一旦找到綠洲，而且是那麼豐饒的偌大一片，振奮的心情，自是難以言諭，便決定馬上把它翻譯出來，讓譯文和原作同時問世。

採用戲劇化獨白體式來寫詩，本是很難處理的，除非功夫到家，不然連篇的自言自語，非常容易引起催眠作用。作者卻以純熟的技巧，抓住了運轉的重點，找出女將軍的丈夫傑哥作為獨白的對象，高度發揮詩的想像力，賦給女主角以生命、感情、個性、思想，使全詩串連順利，一氣呵成。

結構方面，作者精心經營，由一座紀念碑，創出雙重對比——兩百年前的鄉下與現代的都城，慘酷戰亂與安樂繁榮，在「時光能倒流嗎？」那麼有張力的問句之後，枕邊細語般的刻骨銘心輕談，和親身經歷的抗暴史實交相穿插，完全突破獨白詩戰調的難處。

作者把菲律濱民族英雄的事跡入詩，介紹本地歷史文化，真實而有創意。作者寫一個十八世紀的革命女性：勇敢、忠貞、堅毅、熱愛丈夫、鄉土、國家民族，至為感人，選取題材已立於不敗之地。

歷史是人寫的。史家只告訴我們他們願意記的事，最多是給我們不經歪曲的史實。史家不會告訴我們歷史人物的感情，思想，和胸襟。但是詩人做到這點了：在「二十世紀的水泥森林中」，女將軍「渴望」玄妙的突破時空，「重返……十八世紀的自然綠野」。她「思念」的是和傑哥「並肩馳騁的」、「甜蜜的故居和家園」、「閃耀的星空下」、「安適快樂的日子」。她為什麼嚮往這些？明顯的是為了對丈夫和家國的愛。在異族的統治下，她並沒有得到這些，英雄夫婿在一連串熱烈抗爭之後，不幸捐軀了，她帶著「無比的悲憤」，「繼承」「遺志」，終歸失敗、被俘、上刑臺。試看呈現在我們面前的感情有幾多種。女英雄臨難時「天空沒有下一點雨」「我也沒有流一滴淚」，詩人還替讀者留下無限想像的餘地。可能女英雄是視死如歸，也可能是無語問蒼天……。這使人想起秋瑾的「秋風秋雨愁煞人」，只是在創作的層次上有別。詩人寫的題材是菲律濱的，感情卻是宇宙性的。只要把握住這種感情，就可以同樣動人的寫岳飛、袁崇煥、黎剎、哥白尼、聖女貞德……而秋女俠的絕句，大概只能說一次吧！

結尾一段的一連串「讓他們……」表現無比的愛心。女主角假如復活了，可能還會想打打殺殺，不然她不會贏得「女將軍」的混號；也可能心平氣和了，二百年的時間，畢竟會令人想通許多事。詩人寧願相信後者。詩人以自己的思想和胸襟，美化了女英雄，也將讀者帶進人類情操更美好、更高貴的境界。這就是詩的主題。

作者採用口語化的語言，平白單純，活生生的塑造出一個草莽女英豪的形象。我翻譯的時候，也盡量選用簡單的字眼，保持原作的風味。關於題目〈席朗女將軍〉，我徵得作者的同意，只譯出〈女將軍〉，因為中國人可以有孫大聖、李天王等等，西方人卻很少把混號和姓氏聯在一起叫。

任何佳作問世，作者跟大家分享心血的結晶，譯者把它轉達了，希望用另一種文字的人有同樣的感受。這也許是翻譯的意義吧。

誰說死人不會說話？俠骨柔情，女將軍地下有知，如果隨著歲月成長了，必會引詩人為知己！

光明面的移植——從〈蘇瑞姥姥〉開始

施約翰

苦與樂

兩年前，我高高興興的定下一項計劃——英譯一系列菲華作者的新詩，埋頭做到現在，覺得這工作越做下去越苦。

譯詩並不苦。

有詩可譯，樂在其中；有好詩可譯，更是其樂無窮。剛剛開始的時候，我可說是譯得津津有味，直到翻譯了一百多首以後，受到自己計劃的限制，才漸漸嚐到苦頭。

質與量

本來想翻譯的是好詩，卻因為系列性的關係，總要多找幾個代表性作者的詩。代表性的準則，當然是質重於量。詩，畢竟是一種藝術，如果以稱量紙張取勝，就像菜場魚肆了。一位作者只要一生寫出一首質的方面過得去的詩，就是我翻譯的對象了。

這麼一來，我的目標已不得不從好詩降低到「至少是詩」。當然，認為是詩的，必須是譯者我本人，而不是「作者」他閣下。這其間有很大的差別。

詩與樹

於是，我發現詩的形成，居然有點像樹木的培植，經過辛勤的耕耘，長出花果枝葉，撒下怡人的樹蔭，造福後世，澤被來者。

在這過程中，樹是不是成蔭，植樹人的園藝和樹木的品種似乎比時間重要。試想，幾十年過去了，站在芥子（已故）、本予的樹蔭下，依然沁人心脾。莊垂明、雲鶴、月曲了等人三十年前播詩，為時才不過一兩年，一樣枝葉茂盛，繁榮照人。

我不會移植樹木。把別人種的樹，移植到自己園裡，無論稍為調整枝葉或原樹照移，都不足為訓，也並不光榮。

可是，我卻喜歡樹蔭。

移植樹蔭

於是，我又發現我在移植喜歡的樹蔭。

樹還是屬於園丁。我只是在炎酷的荒漠，替世上的納涼人把蔭澤轉移到他們可以分享的空間。像指南手冊製訂人般的，我尋覓，站遍一百多個大大小小的樹蔭下之後，已經很難找出幾處來。至此，移植者盼樹成蔭的心情，甚至比播種人還要熱切。要不是手冊畫了菲華的界限，真可能學學唐代僧人跑一趟了菲華界限，真可能學學唐代僧人跑一趟天竺了。

短詩與長詩

去年翻譯的詩，有三首比較長。一首是羅門的〈麥堅利堡〉，不在菲華之列。另外兩首〈女將軍〉和〈瑪麗亞‧克拉芮〉就是本地的。前者後來被菲律濱現代詩研究會選為一九九〇年佳作之一，譯文刊出後，又被英文《星報》詩評家古魯示選為九月份最佳詩作；後者也名列十一月份之選。由此可見，對好詩的欣賞，人共此心，心共此理。

翻譯短詩比長詩省事。這道理就像短篇小說比長篇小說省事一樣。雖然詩只有好壞之分，長短並不重要。但是作為譯者，我當然比較喜歡省事的短詩，現在卻又譯了這首長詩〈蘇瑞姥姥〉。

感動自己

一首好詩的條件之一，要能令人感動。

詩人告訴我，寫這首〈蘇瑞姥姥〉的時候，自己都感動了。我一讀，也感動了，而且不計長短，很快的翻譯出來。我把譯文給一位菲律濱文藝朋友看，他也感動了。

這是一連串很動人又很有趣的事，所以我要寫下來跟大家分享。

天馬行空

先後我自己說起吧。〈蘇瑞姥姥〉令我感動的地方，並不是它的想像力，雖然作者的想像力一向如天馬行空。讓我由這三首長詩（出自同一位作者）舉例說明：

〈女將軍〉的銅雕紀念碑被擬人化，使她在兩百年後復活，生動的現身說法。

〈瑪麗亞‧克拉芮〉居然夢幻般的穿上牛仔褲，參加二十世紀的遊行、喊口號。

在〈蘇瑞姥姥〉一詩，詩人轉入十八世紀的歐洲，請出同樣被放逐荒島六年，卻「鬱鬱以終」的拿破侖來做一個強有力的對比。

譯來汗顏

〈蘇瑞姥姥〉令我感動的地方，也不是它的技巧和文字功力，雖然裡面有「……你千萬／千萬不要猶豫不要退縮不要／畏懼……」的句子。

這句子猶如行雲流水，不加標點符號，一氣呵成，加強氣勢力量的手法，儼然康士（E.E. CUMMINGS）的手筆。第二個「千萬」分行提高，加重千萬的分量。「畏懼」又分行出頭，在否定「不要」的句子裡，愈顯出巨無畏的精神來。然後筆鋒一轉，輕快收結，並點出主題。

面對如此佳句，苦思竟夜，結果譯是譯出來了，卻總覺得不如原文的萬鈞雷霆，想來令人汗顏！

柴米油鹽

〈蘇瑞姥姥〉令我感動的地方，也不是它的取材，雖然詩人在這方面，素來以手拈來，柴米油鹽皆成詩而聞名。

柴米油鹽，尚且可以成詩，何況寫的是本地的歷史人物，更有意義，但是，這首詩真正令我感動的地方，還不是上述幾點，而是它的光明面。

光明面

光明面經常出現在詩人的字裡行間。且翻開「說給花聽」詩集看看：

地球的好奇、叛逆，只為了它「不願做一個經年轉來轉去的球／而要做一顆永遠閃閃發亮的星」（群星會）。

對高空顫慄暈眩的旅客，詩人保證：「我們確實／非常接近／天堂，但卻並不／接近死亡」。（職業：空中服務）。

對一嚮往三度空間之外玄妙的「涅槃」的人，詩人說「憂鬱可以美麗如燭光的舞姿／哀愁可以動聽如鋼琴奏鳴曲」。

一隻「鬥雞」「唯一想望的是返回我渾圓潔白的最初」。「鴨子胎」被煮熟「至少痛楚是感覺不到了」。血腥的「拳擊賽」見證：「狂暴之必然／一如／溫柔之必然」。

諸如此類的例子，比比皆是，不勝枚舉，因此這本詩集全冊有筆者的英譯對照。

提升光明面

在上述的幾首長詩裡，光明面又進一步擴大了：

〈女將軍〉這個身經百戰，出生入死的革命家，最後的選擇是和平。

〈瑪麗亞・克拉芮〉夢幻般的經歷瘋狂的廿世紀，到頭來還返璞歸真，回復淑女典範的一貫形象。

〈蘇瑞姥姥〉雖然青史留名，卻並不特別出色，充其量只是一個幫助革命志士的小老太婆。她的不幸遭遇——六年流放——似乎也沒有得到太大的重視。她在史冊上，最多是值得一提的跑龍套角色而已。詩人還是有本事發掘出此中的光明面，提昇了這一點，譜出動人的詩篇來。

乒乓與網球

講了這麼多光明面，想也夠了。至於怎樣去提昇它，大家可以從詩裡面自己去體會。假如我再多嘴，豈不是侮辱讀者的欣賞能力？還是讓我來紀述一段真實的經歷吧。

我讀完感動之下，把〈蘇瑞佬佬〉譯成英文。一位菲律濱文藝朋友看了，問我：

「你知道我做些什麼運動嗎？」

「我只知道你的文章。」我說。

「告訴你，我本來是打乒乓球的，現在看了這首詩，我想打網球了！」

我愣住了。我自忖，如果我能寫出這樣的詩，夫復何求！

網球與譯詩

老實說，英譯菲華新詩系列，只是我當初定下的計劃，是一廂情的，根本就沒有跟誰蓋過章、立過契。既然做到苦多於樂的地步，我本來打算到此為止，草草了事。

現在，看到九秩老嫗尚且以為「高齡不是藉口」，打乒乓球的朋友還想打網球，難道我就「鬱鬱以終」?! 所以，我決定繼續譯詩！因為這是「想要做的事」！我「不猶豫不退縮不畏懼」！同時，我誠心期盼和祝福沒有寫出詩的人寫出詩來，已經寫了詩的人更上一層樓。

就讓我從〈蘇瑞佬佬〉開始吧！

女將軍為什麼會復活——試探謝馨的〈席朗女將軍〉

江樺

這樣就夠了　親愛的傑哥
讓他們忘卻戰爭
忘卻暴虐和殺戮
讓他們欣賞我　像欣賞一件
藝術品　讓他們永遠享有
自由　平等　民主
讓他們心中充滿美與愛
讓他們快樂　就像我們早期
在維干

並肩馳騁的歲月……
——謝馨〈席朗女將軍〉

時值菲律濱獨立一〇三週年之際，收到菲華著名女詩人謝馨郵來《石林靜坐》詩集。詩，攜帶古今無數人步上文藝之路，千島愛詩的人尤多，借用長留我心的詩人何達的話，「菲律濱是詩的基地」，八十年代菲華文藝復甦以來，千島詩壇風起雲湧，作詩極一時之盛。值得我們深思的是：這樣的一時之盛，卻也只是一時之盛。到了現在，菲華詩爐久已灰冷了，詩壇久已沉寂了，太過沉寂了，千島的詩人久久該振筆了。今天菲詩壇不需要那些虛浮的熱鬧，需要的是一些堅韌的實質支持，鼓舞大眾的興趣，衝破自我禁錮。像重借報紙文藝副刊之力或出版集子，是頗好的辦法。這兩、三年來，詩集的出版未免太孤零了。

今年江一涯兄的《菌之永恒》，謝馨的《石林靜坐》先後出版，極是可喜的。謝馨聲名赫赫，她的詩是當今菲華詩園裡的一朵獨放異彩、芬芳遠播的花朵。但我和她只是初識於榕城，也沒有曾讀過她的詩作。斯地的「菲華文學研討會」有三篇專論是探究她的詩的，使我自覺孤陋寡聞。今面對著《石林靜坐》，我丟開其他的書籍，開始了賞心悅目。我希望「從詩人心窩裡飛出的詩鳥兒」，把我的心弦撥開，把我那愚昧中的微智光點燃，才能無愧接受詩人以「文友」給我的稱謂。憑著一面之緣的交情，記下了我心弦的振動，也不會產生《霧裡的小鎮》式的誤會。實際上文學評論或藝術欣賞，其對象是客觀的，而評鑑和欣賞本身和它的結果卻是主觀的，一切顧忌都是多餘的。

獨具匠心的交響樂

詩人以獨特的心智，一筆又一筆寫下的音符，組成了《石林靜坐》的交響樂，從抒發我們紮根『菲島記情』序曲開始，把知音人的心結在一起，偷得人生半日閒，攜手走遍五洲四海奏出一章章的「旅遊隨筆」小旋律，然後重回到繁華的水泥森林，去傾聽「生活抒懷」曲，了悟人生、歷史、宇宙的哲理。最後，「振動數、燃燒點相同的人」把詩人的詩「翻譯」成英文和大家樂文，用謝馨的詩把不同語系的人們的心凝聚在一起，共同發出智慧之光，道德之光，使千島的文化更顯多采多姿，更加〈HALO HALO〉。單是《石林靜坐》的四個篇目的編排，就充滿詩意和韻味，《石林靜坐》絕不是像詩人謙稱那樣：「一如串連散落的珠子做成的項鍊，綴拾凌亂的花瓣合的花束」。它是謝馨在菲華百花園裡一塊園地用心血培育出來的一朵朵又芳香非凡、鮮艷奪目的花朵。也是她獻給人們的一串串閃閃發光的明珠項鍊，將是菲華文學上的可貴財寶。尤其「菲島記情」，是一串串地道的菲律濱珍珠，折射出島國民族在波濤洶湧的歷史大海裡拼搏的風采。

意境和意象不是一個觀念

文藝評論家評議謝馨的詩，大多數讚嘆她是透過平常的題材表現出獨具才智的詩人，讚譽她文字美，稱道她對意象的捕捉和營造極見功力。以優美的文字把平凡素材營造瑰麗迷人的詩作，文藝評論家們細緻地評議了。她對意象的捕捉和營造，的確是值得新詩愛好者借鑒。但關於詩人對意象的捕捉和營造極見功力，彷彿是只籠籠統統地帶過，愛好創作詩的人難以借助謝馨的功力提升自己的詩歌武功。藝術的本體是「意象」，而「意象」的基本規定就是情景交融。中國傳統美學以為「意象」（IMAGE）的基本規定就是情景交融。簡單的說，「意象」IMAGE傳統上又分為兩種，一種是直接意象（LITERAL IMAGE），一種是比喻意象（COMPARATIVE IMAGE）。還是舉個實例吧，在「菲島記情」有一首題為〈席朗女將軍〉的詩描寫著：「由我——女將軍——大家如此尊稱我／一馬當先／飛騎率眾朝／維干行進」是一串直接意象。透過這一連串沒有任何比喻特性的意象，我們在心中織繪出了席朗女將軍騎著戰馬率領抗西的義士飛馳前往維干的景象，這就是用文字將之「圖畫化」。又例如這首詩開始的第四行的「二十世紀的水泥森林」，就是一個比喻意象。二十世紀建築的一座座高樓大廈被比喻為水泥的森林，我們彷彿走走一座座高樓大廈聳立在馬尼拉市區，馬尼拉的現代都市景致立刻湧進眼前。

〈席朗女將軍〉是詩人以一座樹立在馬加地商業中心的席朗女將軍雕像為主線，去描寫菲律濱巾幗英雄蓋布蕊拉・席朗（GABRIELA SILANG）。她在「意境」方面，花費了巨大心力，熱烈地追求、執著地探索、神馳流連於意境之間。賞心悅目這首詩，席朗女將軍那放射著濃郁詩情燦爛的這形象出現在我們眼前。這首詩是詩人用一種詩歌難度大而又罕見的意識流（STREAM OF CONSCIOUSNESS）手法去營造「意境」。

中國傳統美學認為，「意境」除了有「意象」的一般規定性外，還有自己特殊的規定性，「意境」的內涵大於「意象」，「意境」的外延少於「意象」。從賞美活動的角度看，所謂「意境」，就是超越具體的、有限的物象、事件、場景，進入無限的時間和空間，即所謂「胸懷宇宙，思攘千古」，從而對整個人生、歷史、宇宙獲得一種哲理性的感受和領悟。一方面超越有限的「象」（「取之象外」、「象外之象」），另方面『意』也就從對於某個具體事物、場景的感受上升為對於整個人生的感受。這種帶有哲理性的人生感、歷史感、宇宙感，就是「意境」的意蘊。所以「意境」是「意象」中最富有形面上意味的一種類型。「意境」給人的美感，實際上包含了一種人生感、歷史感。〈席朗女將軍〉的處理，表明了詩人謝馨了悟到「意境」和「意象」不是一個概念。

復活女將軍的自由浮想

在菲律濱全國最繁華的商業中心，面對一座屹立著的席朗女將軍雕像，看見女將軍揮刀躍馬的英姿，詩人謝馨產生了強烈的主觀思想感情，詩人的思想感情注入女將軍雕像，賦予席朗女將軍雕像有了生命力和思想，席朗女將軍復活娓娓細語了，開始沉入歷史的回憶。然後以意識流（STREAM OF CONSCIOUSNESS）的手法去描述席朗女將軍。隨著再生的席朗女將軍的意識的流程，詩歌展示的畫面：一會兒是席朗女將軍面對著她的丈夫傑哥・席朗訴說心聲，一會兒是現代人們仰望著她的雕像，追思讚頌這位菲律濱的聖女貞德。從二十世紀的水泥森林的馬尼拉到十八世紀時代伊洛戈斯的綠色原野。然後又回到了千島最繁華的商業中心，遙想她倆甜蜜的故鄉和家園——維干，回憶起他們甜蜜蜜的日子；細述他們反西班牙殖民統治戰爭歷程，最後席朗女將軍跨越了二百二十七年時間，又從維干回到屹立著席朗女將軍雕像的馬加地市，向在遙遠的戰友和愛侶傑哥娓娓細語：「親愛的傑哥　遊客們／又在我雕像四週佇立／仰望　他們讚賞我／飛揚的長髮／激昂的表情／握刀的氣慨／躍馬的風姿／『是一座優雅的雕像啊！』／『是一位美麗的女英雄啊！』／這樣就夠了　親愛的傑哥」。進而呈現了內心的獨白：「讓他們忘卻戰爭／忘卻暴虐和殺戮／讓他

們欣賞我　像欣賞一件／藝術品　讓他們永遠享有／自由　平等　民主／讓他們心中充滿美與愛／讓他們快樂　就像我們早期／在維干／並肩馳騁的歲月……」

精湛掌握意識流手法

意識流是反傳統的寫法，不靠作者從旁描述，要求人物直接表白其思想意識，不考慮故事情節的完整，按照人物意識的流程結構，作發揮自由聯向的作用。借助於回憶和幻想，不受時空的限制，自由剪裁生活，從而擴展了其時間的跨度和空間的幅度。

這座席朗女將軍雕像的藝術美，詩人不採取從旁描述，而是透過復活的席朗女將軍的表白去反映。在意識流文學中，現實生活都是通過人物意識的流程而得到折光式反映。所以不可避免地融入濃重的主觀色彩，同時被分割為無數的碎瑰，紛繁雜亂。但是在詩人謝馨精緻的編織下，〈席朗女將軍〉這首詩令人驚嘆：詩人把席朗女將軍雕像同菲律濱的歷史和社會自然地聯合起來，有條不紊，情節推進，針線綿密，嚴絲合縫，使讀者從詩裡感應到更多和更有意義的東西，而這一點正是她透過意識流的創造來實現。這說明詩人已熟諳意識流的奧妙，同時表達了她生活對現實乃至世界的領悟是客觀和主觀的中和。

不受時空的限制地把客觀事物和作者自己感情交融一體，又要讀者毫無感受到它是用幾行詩句的繩子牽強地把支離破碎、紛繁雜亂的東西綑綁在一起，又要他們從中獲得人生、歷史、宇宙的一種哲理性感受和領悟，這裡意識流產生的意境的把握與創造，往往正是寫詩最困難的，又充滿探索樂趣的地方。〈席朗女將軍〉的成功，在於它的結構毫無牽強，組合沒有留下痕跡，輕易處理這個難題，它使詩人和愛詩的人得到了探索樂趣。

菲華文化交融的樂曲

「菲島記情」是繼〈HALO HALO〉後，再次洋溢詩人滿懷菲律濱民族感情，華菲文化交融的樂曲，是真真正正地道的菲華文學作品。繁衍力強的菲華文學，必須吸收菲律濱的養分，以民族感情的根隨著主流社的大地向下紮，才能不斷向上成長，才能永恒。《石林靜坐》的「翻譯」一輯就是向主流社會的大地紮下民族感情的根，施約翰和莊淇芸的譯詩的功力，已其他人可比美的，尤其是施約翰對中英文學的造詣，已是青勝於藍，別林斯基說過，「沒有情感，就沒有詩人，就沒詩」。所以我一向認為譯詩者，必需是一個有詩意、情感的人。

〈席朗女將軍〉成功地使菲律濱女英雄在今天復活，讓一個心中充滿美與愛，為人民永遠享有自由、平等、民主而揮刀躍馬的菲律濱女性出現於我們眼前，詩人給了她思想感情，使復活的女英雄不會和今天社會脫節，並感染了讀者。

躍馬馳騁詩歌的平原上

謝謝詩人謝馨的《石林靜坐》使我賞心悅目；給我留下印象和啟示：八十年代才登上詩壇的謝馨，憑著一股鍾情於詩的激情，紮實、堅韌、執著的探索，她一步步地向前邁進，國際詩人的殿堂，離她已近極了。只是菲華文學的耕耘者的激情不減，紮實、堅韌、執著的探索，菲華文學重放異彩，是假以時日。願詩人繼續在詩歌的平原躍馬馳騁，創作更多像〈席朗女將軍〉富有菲律濱特色的意識流詩歌，借用郭沫若的話：讓「從詩人心窩裡飛出詩鳥兒，都振翅翱翔，不僅去尋找振動數、燃燒點相同的人，也去找還不盡相同的人，用詩把菲島人民的心凝結在一起！」教菲華詩歌的芬芳飄洋過海，傳遍各地。

謝馨的《新詩朗誦》

禾木

菲華文壇才女——謝馨，最近出了一張《新詩朗誦》磁碟，可賀！

謝馨以清亮，標準的國語，感情豐富地朗誦自己的精心力作〈柳眉〉、〈脫衣舞〉、〈大峽谷〉……等廿九首。

謝馨的詩，取材甚廣，從活潑的「松鼠」，到冷靜的「古瓷」，即使一片「指甲」，一隻「玉鐲」，一床「絲棉被」，即使在「電梯」，在「機場」，在「超級市場」……女詩人想像力豐富，靈感所觸，順手拈來皆能入詩。其文字準確，詞句柔美，深受廣大讀者喜愛，如果說，閱讀（尤其是好文章或好詩），是一種視覺享受。那麼，當我們聆聽謝馨朗誦自己的詩作，即是一種聽覺享受；詩句美，意境美，配樂美，音質美。

能製作出這麼具備專業水準的磁碟，真難得！

謝馨，上海市人，一九三八年生，在臺灣接受教育，於國立藝專影劇科肄業，曾在航空公司服務，當過空姐，而後落籍菲國，一住三十載。著有詩集《波斯貓》，《說給花聽》及翻譯等多種。曾獲「創世紀」詩雜誌四十週年優選作品獎。

謝馨從事新詩創作，始於八十年代初期，迄今不過十八、九個年頭，由於她的詩內涵豐盈，題材多樣，手法新穎，深入淺出，因而享譽菲華詩壇。謝馨主張寫詩，要從個人的心靈自然流淌出來，勁力追求物象心靈化和心靈物象化的境界。她覺得萬事萬物皆可入詩，關鍵是要有一雙善於捕捉真、善、美的眼睛。

張香華於一九八六年主編的《玫瑰與坦克》（菲華詩卷）即曾稱許「謝馨的詩，文筆嫻熟，意象瑰麗，語言極為嫵媚，形式與內容都趨於圓滿」。羅門為她的詩集作序時，更直指「謝馨是移情、愛、感、知、靈、悟於一體，善於製作生命場景的女詩人，她的詩不僅流露出柔情蜜意，同時又能綻放豪情逸意。」

謝馨為「新詩朗誦」這張ＣＤ付出過不少心血，頗值聆聽，希望喜歡新詩者以及好藝術者不要輕易錯過！

讀謝馨的〈杯子〉

禾木

我喜歡女詩人謝馨的一首新作〈杯子〉：

杯子被使用的剎那是杯子（強名為杯子）
杯子不被使用時是假象是幻象
　　是概念是夢
杯子是杯子亦非杯子名杯子
杯子無形亦非無形
杯子存在亦不存在
杯子無有自性

因緣而生
緣生無性
緣乃空（空有不二）
杯子之實相不常亦不斷
　　不一亦不異
　　不生亦不滅
杯子被用的剎那是杯子
剎那變易……

是的，我們手杯子喝水之時，它的確是一隻被人握著的真真實實的杯子。然而，女詩人接著說它「強名為杯子」這，就好像說執著「五蘊」或「肉體和精神」兩大部份合成之人體為我的「我」，其實並非真「我」，而僅僅是強名為「我」罷了。

色非我，受非我，想非我，行非我，識也非我。而杯子並非杯子，它是由一些元素結合而成，換言之，杯子是靠因緣而生的東西，完全沒有真實的物體可得，故杯子非杯子，僅強名「杯子」而已。

詩中第二、三行「杯子不被使用時是假象是幻象」「是概念是夢」。杯子一如人體，因緣合即生，因緣散即滅，而似有非實的杯子——不被使用之時，當然「是假象是幻象」「是概念是夢」。（眼睛看見東西就生出意念，意念和東西都是假的空的。）

第三段第一行「杯子是杯子亦非杯子名杯子」。這，猶如「一面鼓是鼓非鼓稱為鼓」一般，而佛陀如此解釋：「一面鼓，不是一個東西就叫做鼓，有了鼓皮，有了撐鼓皮的木頭，還有人存在。鼓聲不是從鼓皮出來，不是從鼓木出來，不是從鼓槌出來，也不是從人的手出來，而是會合了這幾種事物而成為鼓聲，鼓聲從空生出也在空滅去，萬物也是這樣，本來清淨沒有原因而成法，法也沒有存有……」佛陀的話，可以用來解釋「這句詩」。

再舉一例：一首詩的完成，一定要有詩人，筆，紙張，打字和印刷，詩根本就不可能存在。由是可知，詩是緣起（各種條件集合而生起）的，它沒有真實的自體，沒有真實的自體，就是空。而由於杯子也是假各種條件集合而有，故說「杯子是杯子亦非杯子名杯子」。

第二段第二、三行「杯子無形亦非無形」，「杯子存在亦不存在」。杯子是假眾緣和合而成，如鏡中花、水中山，只有假相，所以女詩人說「杯子無形」「不存在」。而說「亦非無形」「杯子存在」，則是指「杯子」雖是緣起而性空，但並不是沒有，其假相宛然存在。

第四、五行（杯子無有自性），「因緣而生」。什麼是自性？人體的變化遷改從不停止，但在變滅的過程裡，人的身體裡卻有一個不滅的東西存在，那就是自性（人死之後，尚有原來就沒有生滅的自性）。而人有自性，杯子卻「無自自性」。它只是「因緣而生」，亦即因緣所生法，無有自性。

第六、七行「緣生無性」「緣乃空」（空有不二），有形的物質與無形的精神，皆是因緣所生法，無有自性，因緣合即生，因緣散即滅。故說「緣生無性」「緣乃空」（這裡的空是「性空」，不是什麼都沒有的空）。而「空有不二」乃是指「非空非有，亦空亦有」之實相。

第三段第一、二、三行「杯子之實相不常亦不斷」「不一亦不異」「不生亦不滅」。杯子性空，而構杯子之各種元素卻一直在變化，亦即「不常」，但物質不滅，該些元素是「不斷」的——雖然各種元素一直在變化，卻依然是「該些元素」。其實，天地的萬事萬物在現象上固然變幻無常，但穿透了現象的無常，乃有常的存在。故女詩人說杯子「不一亦不異」。

而「不生不滅」，這四個字可以說是「般若心經」的真髓或則可說是掌握佛教教義或其他事物非常重要的四個字。女詩人認為「空」（沒有實體）的杯子與緣起相關「生與滅」也是一樣「離生即無滅，離滅即無生」，所以她說「杯子不生亦不滅」。

第四段第一、二行「杯子被使用的剎那是杯子」「剎那變易……」。杯子跟人一樣都是「無常」的，都是「生滅遷流，剎那不住」的，故它被使用之時是杯子，使用之後已經起了生住異滅，亦即成，住，壞，空的變化。這裡「杯子被使用的剎那是杯子」點出「剎那無常」。

剎那是最小的時間單位，又譯為一念，一彈指有六十剎那。楞嚴經：「沈思諦觀，剎那剎那，念念之間，不得停住。故知我身，終從變滅」——由此可知，杯子之「剎那變易」乃是無可避免的。其實，生命以及天底下所有事物都在「剎那變易」，電光石火一樣，不斷地「剎那變易」……

在謝馨的〈杯子〉詩裡，我們看到了無常的開示，領悟了世界上的物質，生命，甚至情愛都不得貪執的道理，同時領悟在現實的流轉中，我們應勉力於不因外境的好壞而心生憂喜的道理。

如果讀者用心細讀這首〈杯子〉，或會有更多的感悟。

讀《謝馨散文集》

禾木

郵差送來一冊印刷精美的《謝馨散文集》，令人眼睛一亮。

謝馨說：「書中內容不外乎是我生活中的一些見聞」。其實，女詩人數十年的成長和美學觀念都蘊含在這一冊散文集中。

讀了《謝馨散文集》之後，深感女詩人畢究是女詩人，她不但具有天真善良的本性，而且想法上非常獨特，非常豐美，有常人所不及的見解及特質在字裡行間。

在「首飾」一文中，女詩人說：「我想配戴首飾最大的原因是濟慈詩句：A THING OF BEAUTY IS A JOY FOREVER，美感所帶來的喜悅吧。」又說：「在一件首飾小小的礦物質所發射及隱含的光澤，色彩及元素中，人們也許知覺地感染到山川和大自然的靈秀與精華吧。」

但，在這現實世界，人們佩戴首飾多是為了顯示身分，為了炫耀，甚至為了引人妒忌。有幾個人會像女詩人一樣發現「首飾的本身永遠是純真和美麗的」？有幾個人佩戴首飾是因為「美感所帶來的喜悅」？

在〈美人〉一文中，謝馨指出：一個「美人」的美，必然來自整個和全部——她的靈魂與肉體，內在和外在，精神及物質。她的容貌，舉止，言談，思想和行為……美人，舒放的是一種飄逸與典雅，讓人想起人文薈萃，歌舞昇平的盛世與王朝；觸發的是一種提升與超越，使人感到天人合一的啟示……世上有多少人能夠真正見到這樣的「美人」呢？因為要見到這樣的「美人」，你心中必須先要有「美」。

這就難了。一般人心中有的是「無窮的慾望」，而不是「美」，所以見到的大都不是真正的「美人」啊。

可以說，任何人都有知有情，而謝馨的知也許更深厚。謝馨的情也許更強烈。

在〈詩不是一件奢侈品〉文中，謝馨說：聽過很多詩的定義，比如詩是一場表演，詩是謎語……但在我來說，詩最好的定義是「UNIVERSE」，那就是宇宙。也就是說，宇宙裡的一切都是詩，詩也可以表達宇宙裡的一切，簡單的一個字道出了整個詩的含義。

顯然，女詩人謝馨的詩觀或靜觀，乃是一種超理性與感性的直觀法，及視宇宙萬物為渾然一體，無你我，無主客，無過去，現在和未來，無形體與心之分，甚至無宇宙與詩之分。所以，她能夠寫出一篇篇優美的「真詩」。

謝馨——上海市人，民國二十七年（一九三八）生。一九六四年移居菲律濱。出版書籍有：《變——麗芙‧烏嫚自傳》（英譯中），《波斯貓》（詩集），《說給花聽》（詩集），《石林靜坐》（詩集）及《新詩朗誦》（CD磁碟）。

《謝馨散文集》是她的第一本散文集。

才華煥華的新詩人——談謝馨的詩作

吳昊

「文協」的會員大會假商總召開，到會的人，大都是「晨光之友」、「文聯」的舊人。在五十四位發起人的名單內，有兩位女同工，一位是莊良有，一位是謝馨，兩位我都不認識她們。莊良有是代表菲華出席亞洲華文作家會談，至於謝馨是新人，怎麼會被敦請為發起人？我心裡想，可能是外交官的眷屬？要不然是我見聞不廣吧！直到主席逐一介紹才認識她們。

後來自我介紹跟謝馨先生談話，她的作品，頗具時代內涵，一點脂粉氣、女兒態的意識都沒有，因而引我注意，跟她談話，知道是臺灣來的「國語人」，旅菲十多年，除了寫作，也曾參加話劇活動，而最愜我心的，是她欣賞我的「作品」而外，也欣賞我的「泉州國語」。

之後在暑期寫作班上又見面，她是上午班的副班主任。她幫助我將上課地方搬到自由大廈臺灣大專校友會的冷氣辦公室裡上課（以後就一直在那裡上課）。使我很安適、恬靜的上完四堂課。當時我告訴她有一篇文章談及「華僑義山」，但是要等暑期班結業後才發表。她大方的笑著說：

「為甚麼要等到結業才發表？」

「您現在是老師，又是主持人」我說：「文章一發表，對老師完美的形象不好。」

「那有甚麼緊要，一定得請你指導！」暑期寫作班結業後，一晃半年，半年謝馨先生的詩，不斷湧現，篇篇散放光彩，一次比一次明亮，引起現代詩人的注目！如〈游泳池畔的歡宴〉、〈轉檯子女郎〉、〈吉普尼〉、〈機場〉、〈風〉、〈無題〉、〈巴石河〉、〈書籤〉、〈古瓷〉、〈香水〉、〈移民〉等，上列各篇是二十行以上，尚有甚多的作品，是在二十行以下，幾乎每星期都有她的作品，散見於各文藝園地。

當〈轉檯子女郎〉與拙作〈鍾士橋〉同時在《竹苑》發表，我告訴現代詩人莊老說：

「今天我的〈鍾士橋〉與謝馨的〈轉檯子女郎〉比，是輸了！」

莊先生亦認為謝馨的作品，在新詩人群中是最突出表現的一個！

我怎不認輸呢？四十年來沉浸於傳統新詩熱潮裡，除了初期習作，在「晨光之友」、「文聯」的五十年代，菲華的新詩創作，每次同一本雜誌，同一期的副刊發表的作品，自信力爭上游，均能追上各報刊的水準，且與其他的作品比一比，六十年代現代詩由象徵派脫出，像脫韁的馬，一縱難收，跟自由詩，傳統新詩成對立，分道揚鑣，各是其是的去發展。

現代詩因為晦澀、朦朧、失去主題，說誰現實，描寫純詩的心象世界，幾乎近似演員在臺上的獨白，於是引起非議及爭論，參加討論的人有蘇雪林、覃子豪、上官予、李辰冬、何欣、鍾鼎文、洛夫、羊令野等人，建立現代派的主將紀弦先生且宣佈取消現代派，而七十年代時的余光中大聲疾呼，現代詩應該變，不變無以為繼的時候，將晦澀、朦朧的現代詩帶出明朗！謝馨先生的作品，雖是屬於新人，她卻是經過了現代詩的變革，不像菲華年青的一代，所以她的詩作，叫人喜愛和驚奇！今天謝馨的現代詩可以放進臺灣一流的名作而不遜色！拙作怎能與她並排，而不認輸

施穎洲先生在《菲華文藝》第四期的「話夢錄」專欄說：「也好《菲華文藝》沒有出版，因為近年我發現，沉寂的十年來，許多詩人都進步了，而才華煥發的詩人如謝馨等人也出現了。我已有重編《菲華文藝》的計劃，將來會出版。」

謝馨被讚為才華煥發。在數十位新人中，還有誰能稱得上——才華煥發？或許另一位女詩人范零可以比擬？

施穎洲先生編的《菲華文藝》，不是一本普通的選集，而是這部《菲華文藝》是菲華文學一大新詩部，相信來出版時，寫數十年而有名氣的作品會被遺漏，而謝馨只一年詩節的作品，照施先生的說法一定會被錄取！

新崛起的新詩人范零在〈中國城〉引用了謝馨的詩句，並稱她為「名女詩人謝馨女士」。

在文字上施穎洲先生、范零先生稱讚她的詩品，至於口頭的傳說，凡是每一首新詩作品發表，愛好者，大家都會傳說，而謝馨的詩作是最常被提及的。

現在我們賞析謝馨先生的詩創作。

華僑義山

在海外　再沒有比這塊土地更能接近中國
在異域　再沒有比這座墓園更能象徵天堂
在這裡　華裔子孫得以保留他們血緣的根
在今日　炎皇世冑得以維繫他們親族的情

這是一座城
一座比諸葛亮的空城
更空的城
這是一座山
一座比喜拉雅山
還冷的山

城裡住著流落他鄉的遊魂
山上住著終老不得歸鄉的幽靈
他們曾經過著白手起家，胼手胝足的日子
他們曾經嘗遍飄洋過海，歷盡風浪的辛酸
他們曾經忍受千章萬苦，創業維艱的苦難
現在總算有了一座
自己的城
如今終於造就一座
自己的山

清明時節
烈日炎炎
在他們的城裡
錫箔冥紙飛揚著
聖周期間
哀思綿綿

在他們的山上
香燭煙火燃燒著
華裔子孫的汗如淚下……
炎皇世胄的淚如汗下……

七一年清明節

談〈華僑義山〉，一開始就以清新的手法，豐繁的意象，表現一個很平常的題材，是叫人喜愛，引起激賞的情緒，而急於要讀下去。

第一段四行，是開頭以對比的寫法，並且解釋、詮注、說明，而意象尤為新穎、別緻、比得蠻好。第四次比其前三行多出一個字，假使將最後一詞「認同」，改用一個字，使其全四行，有一色排比的均衡美。筆者斗膽將「認同」換成「命」字。那就齊整，美的觀感。雖然接下第二段，第三段均不齊整，這無妨於一首新詩的創立。金石家以仿古的篆刻，故意將四周加以破壞，雕刻成一件仿古的藝術品，其實過份雕琢、堆疊、將新詩建築，或如疊積木一樣的平衡，像七、五言的律詩，使讀者乍看起來是一首空具形式的現代詩作，顯露斷斷的痕跡，反為不美。

第三段，義山到現今，所建築的現代意象的技巧，一排列的花園式墓厝，可說是「花團錦簇」，比諸華社的現實生活，居所，是凌駕而上，亦因此招徠了遠途旅客，成為造訪的勝地。但是詩人謝馨先生說——

這是一座城，一座比諸葛亮的空城，更空的城。
這是一座山，一座比喜馬拉雅山，還冷的山。

他把熱鬧說成「空」和「冷」，這是真實的對比。實在是詩人描畫得好——

城裡住著流落他鄉的遊魂。
山上住著終老不得歸鄉的幽靈。

緊接下來的三行，以兩個詞語相連的長句，剛和開始的三行，一樣的長短。但是意象貧乏，失去一作性，幾成語的陳舊彙，我試把它中間的詩句抄下來——

白手起家，胼手胝足
飄洋過海，歷盡風浪
千辛萬苦，創業維艱

這三行中，每行的舊詞彙，與開頭四行一段的清新，豐繁的意象比，前四行是創新的現代詩，此三行是陳舊的死文學！

詩貴乎創新生命，新舊體詩詞都是一樣，以拿舊詩如放翁的——

僵臥孤村不自哀，猶思為國戍輪臺，
夜闌臥聽風吹雨，鐵馬冰河入夢來！

寫情情生動，寫景景優美，同樣都是感染讀者。不過我們是新文藝的愛好者，舊文學只是欣賞而已，不作多餘的學習。

先僑雖然生前過著貧乏、艱苦的日子，詩人卻安慰死者，總括生前一切不平、灰暗、辛酸的日子，算是過去了，如今是——

現在總算有了一座
自己的城，
如今終於造就一座
自己的山。

這座山，這座城，比熱鬧的岷市，是空虛和冷漠，但是鬼魂幽居不也是堂皇和安靜啊？

最後一段——

清明時節
烈日火炎
在他們的城裡
錫薄冥紙飛揚著

聖周期間
……

最後這段並沒有展出現代詩的技巧與意象，而是演繹詩的重現！「聖周期間」上山祭掃的人是少之又少；一般情形，市民倒是到外地，如上碧瑤去渡假，早已將祖宗十八代忘得乾淨。應該要改為「亡人節」，或「萬聖節」較為合情。「萬聖節」比清明節上山展墓的人是多得很多。

有人說以後華文在海外湮沒了，只剩下華僑義山的碑記事蹟！千百年後怕的是地域變動，時代轉換，義山將會被剷土機剷翻，建設做現代的競技場！僥倖能保持原狀，則我們的後人，遊覽義山，弔古覽勝之餘，四顧茫然，中華文化，還能在異地留下真傳，一定如先生的最後兩行——

華僑子孫的汗如淚下！
炎皇世胄的淚如汗下！

再下來賞析〈轉檯子女郎〉：

從這一桌轉到
另一桌。從這一個陌生轉到
另一個陌生。從這一個寂寞轉到
另一個寂寞。
她是一個轉檯子的女郎。
在風塵中
她轉著
檯子

橙光也轉著，以同樣的色調
由慘紅
　而蒼白
　　而歸於一片漆。
音樂也轉著，以同樣的音調
由嘈雜
　而淒厲
　　而瘋狂
酒杯也轉著
由優雅
　而暈眩
　　而碎屍萬段
酒杯邊緣的紅唇也轉著

由嬌嫩
　而黯淡
　　而血盆大口
酒杯內的淚水也轉著
由啜泣
　而嗚咽
　　而嚎啕痛哭

只有你不轉
不轉只有你
因為
你只能坐在那裡
被轉

第一段最後三行

在風塵中
她轉著
檯子

這是寫酒家女、酒吧女、迪斯哥中服務且出賣青春的女郎。

第二段——

燈光也轉著，以同樣的色調
由慘紅
而蒼白
而掃於一片漆黑

這是轉檯女郎的心情

再來——

音樂也轉著，以同樣的音調
由嘈雜

而淒厲
而瘋狂
這是她一個轉檯子女郎的感受
酒杯也轉著
由優雅
而暈眩
而碎屍萬段

從這一檯子轉到各角落的檯子，飲下各色不同的酒，初時態度優雅，酒飲多了滲進男人的貓眼和蛇手，於是忘記了矜持，終而暈眩，暈眩以後呢？酒標摔成碎屍萬段，身心不也碎屍萬段？靈魂一片片的撕裂！

音樂張著翅膀蝙蝠在五彩閃動的燈光中亂撞瞎竄，天旋地轉，一切都在轉動——

只有你不轉
不轉只有你

因為
你只能坐在那裡
被轉

〈轉檯子女郎〉題材、意象、技巧都夠現代意識，表現尤為突出！

謝馨先生從暑期主持「寫作班」起到今天，新詩創作，二十行以上約二十首；二十行以下約三十首。每星期有一首以上，算得是辛苦經營的多產詩人。

謝馨先生詩作的題材相當廣泛，這是一個作家個人的小天地到廣大的群眾中去學習的歷程。謝馨先生從閨閣、從家庭，到社會、到國際，所觸到、所嗅到、所想到、不限於女兒態，不限於國際性，是綜藝體闊銀幕的視野，成為詩品中現代獨異的意識，而表現在作品中卻超越中國界限，而成現代詩女詩人！

慣寫格律詩詞的舊詩人，提出「新詩存疑」或問：

「菲華新詩在那裡去？」

現在吳昊站出來說：

「請看菲華新一代的現代詩人的作品！」

說說謝馨

龍傳人

玉兔才到，菲華文壇喜氣洋溢。昨日，我們的「文壇佳音」下筆，已滿一欄。今年，另一佳音是新加坡主辦的「人與自然——環境文學國際研討會」訂二月廿七日開幕，菲華大詩人謝馨應邀為主講人。

這是謝馨第二次受新加坡邀請，參加文學聚會。她一九九三年曾出席新加坡主辦的第六屆國際文藝營。「國際文藝營」為新加坡舉辦的主要國際研討，由其一九八三年第一屆邀請的各國作家可以看到：中國大陸蕭乾、蕭軍（二人均為當時中國作家協會副會長）艾青，臺北洛夫，蓉子，美國聶華玲，鄭愁予，馬來西亞方北方，香港彥火，菲律濱施穎洲等十五人。謝馨是第二個受邀請的菲華作家。

謝馨參加文藝活動，已三十多年，以其優美作品，奠定她為中國第一流詩人的地位。

謝馨一九六二年即加入臺北中國文藝協會活動，為該會支持之首屆中國小姐候選人，結婚後來菲，於一九八〇年軍管取消後，投入菲華文藝運動，參君一九八二年各文藝團體領袖合力組織的「菲華文藝協會」，歷任秘書長等要職。

謝馨是當代中國大詩人之一。前年臺北出版的《新詩三百首》，收入中國新文學運動七十多年來最佳詩人代表作，謝馨為入選的菲華五詩人之一（其他四人為藍菱，莊垂明，月曲了，和權）。

謝馨有詩集《波斯貓》、《說給花聽》（附有施約翰英譯為對照），均由臺北市殿堂出版社發行。

文化交流

前日，菲律濱星報專欄作家羅莎仁黛・鄔羅莎在她「隨筆揮灑」專欄寫到菲幾位作家，題目是：「令人心曠神怡的發現」。

鄔羅莎是菲律濱最佳的作家之一，英文優美。「隨筆揮灑」是文藝專欄，水準高超。鄔羅莎出身世家，她有一嫁給華裔吳景哥的姐姐是菲律濱國家文藝大師。她自己是三十年代我們在國立菲大文學（英文）系唸「文學批評」及「哲學」兩科的同班同學，後來在美國密支根大學獲得文學碩士學位。

去月，莊長江莊良有兄妹將令先翁莊萬里珍藏的無價之寶書畫捐贈上海博物館，胡羅莎及謝馨都是受邀請前往上海觀禮的人，因此，有「令人心曠神怡的發現」之作。

鄔羅莎大作，照譯如下：

我最近往中國之行是一種極大的領教經。我國最前列的陶瓷學家莊良有帶菲律濱東方陶瓷學會會到各博物館，雖然我有時候感覺自己像一個外行人朝內看，我與三個旅伴建立一共同的關係，令人心曠神怡的發現他們也寫作。

他們之中一位——她不是偶然的作家——是大詩人謝馨，她經常在華文《聯合日報》「菲律濱文藝」版發表作品。她的詩集《說給花聽》，附有施約翰的英譯及羅細士的序言（羅細士自己也是一位極受尊崇的作家，在他的評論中吐露他對華文的理解）。

（譯者註——羅細士是我們的文學老友，曾任遠東大學文學院長，短篇小說集《鬥雞的故事》有施穎洲施約翰等的中譯本，一九六二年由臺北文壇社出版。羅細士任馬加巴雅總統的教育部部長四年期間，沒有一個菲督學到學校「友誼視察」——請參閱明天本報「菲華文藝」版〈總統與我〉一文。

胡羅莎女士此文下半篇抄自羅細士為謝馨《說給花聽》詩集寫的序文（由施約翰中譯），我們不再重刊，因為今日版位已寫滿。）

偉大靈魂

龍傳人

昨日，我們刊出菲律濱權威的文藝評論專欄作家鄔羅莎的〈令人心曠神怡的發現〉上半篇，卻未轉載下半篇，因專欄版位已寫滿。

鄔羅莎文章下半篇採用菲文教巨人亞歷漢洛．羅細士為謝馨詩集《說給花聽》寫的序文一部份。《說給花聽》詩集及序文由施約翰英譯及中譯，中英對照，一九九〇年由臺北殿堂出版社刊行）。關於羅細士，請翻閱今天本報「菲華文藝」版〈總統與我〉一文。

羅細士序文的施約翰中譯全文轉載於下：

翻譯是反叛，由中譯英，更是反叛。因為這兩種語言有天壤之別。中文字是單音的，英文一字數音不等。同時，中文音調抑揚，這給予他們的詩文一種音樂幅度。它比英文簡短明白，因此這書冊的中文原作都比譯文短得多。文法上，兩者之間也極少雷同。語尾和動詞的轉變，在中文是子虛烏有。同一字可用作名詞，形容詞，副詞或動詞。但即使在譯文中，謝馨的詩也啟示良多。在她的世界，走過一道「旋轉門」就成為一樁超現實的經驗。羅哈士大道的填海新生地引出形而上的問題：

在新生上還能感覺到海的波動嗎？
水平線會不會提高？
魚兒還能不能找到牠們的家？

傳統中國詩在唐朝達到顛峰。那年代正式編纂成冊的不下於九百卷。這些詩有一共同主題：崇尚自然。謝馨的詩從這傳統別開途徑。她的詩常探討自然與人文的衝擊。「建築物」即是一個例子。

詩都具有傳記性。謝馨的詩更具有赤裸裸的傳記性。「職業：空中服務」和「機場」反映她當空中小姐的日子。她在馬尼拉的歲月永存不朽於她的詩篇，而且非常深刻的進入菲律濱的事物：「鬥雞」，「HALO HALO」，還有，對了，甚至「鴨仔胎」，由她從進化論兼佛家的觀點透視。媒介是中文，詩章卻是宇宙性的。在某些方面，她偏向西方甚於東方。她的星相組詩寫的不是中國的十二生肖，六十年甲子一周天，而是西方的黃道十二宮。

謝馨不是一個寫詩的詩人，她是一個真正的詩人——天賦具有內在的視野，你不是讀她的詩。你體驗它們。我看完她的詩，接觸到一個偉大的靈魂。」

文協發行謝馨新詩朗誦CD

龍傳人

菲華文藝協會訊：本會理事名女詩人謝馨女士，將於本月廿三日（星期四）下午二時卅分，在泛太平洋大酒店舉辦新詩朗誦CD發行會。

謝馨女士為菲華傑出女詩人，雖然是一九八二年才開始寫現代詩，起步不算很早，卻是成績斐然，是一朵移植於菲律濱土壤裡的詩壇奇葩，作品多發表在菲華聯合日報文藝副刊及臺灣諸報章雜誌，多首詩作曾被選入臺灣年度詩選內，一九九五年〈電梯〉這首詩入選九歌文庫《新詩三百首》，出版有《波斯貓》、《說給花聽》（中英文對照，英譯者為施約翰）二冊詩集。

她的詩富於感性美，往往透過抽象來表達實質，有著自然與人文衝擊的思考，善於駕馭文字，能將心靈深處對生命的悸動展露得恰如其分，無論人、物、情、景，經其詩心的過濾，皆化為筆下的詩情詩意了，她的作品受到多位名作家的稱許，如菲律濱名報人，學者羅細示教授及臺灣著名詩人羅門等。

中國文字是單音，將同聲與異音組織成優美的文句，極富聲律節奏之美，朗誦起來更是生動感人，而謝馨女士音色本佳，加上後天的培養，聲情並茂是會幫助聽眾領悟到她詩中真切的內涵，引起共鳴，詩人朗誦自己的作品已不多見，錄成CD以梁在平大師的古箏配樂，襯托出詩人特有的韻味，現代的科技與古典的浪漫融為一體，成為「既可看，可讀又可深思」，亦可聽的詩，實在別開生面，為菲華文壇的創舉。

光芒萬丈

謝馨女詩人又為菲華文壇贏得光芒萬丈的光榮——僑聯總會的「文藝創作詩歌類」首獎。

僑聯總會「華文著述獎」（文藝創作有小說，詩歌，散文三類）是專授海外華文作家的最高獎，首獎有獎金新臺幣五萬元（等於七萬五千披索），及獎章獎狀。

連續兩年，菲華作家，實至名歸，二人榮獲這個文藝大獎。去年，董君君（黃秀琪）先榮獲僑聯總會「文藝創作小說類」首獎。

董君君與謝馨都是菲華文藝協會（「文協」）二十年會齡的資深會員。董君君為「文協」現任秘書長；謝馨曾任「文協」秘書長，現任理事。

董君君及謝馨先後榮獲僑聯總會文藝大獎，可謂「實至名歸」。有人指出，下列四本書合起來可成為一本最完整的菲華文學史：《菲華文藝》總選集（以作品本身的價值為標準收入菲華文學六十年最佳作品，施穎洲選編），《菲律濱華文文學史稿》（汕頭大學吳奕錡編），《世界華文文學史》（汕頭大學陳賢茂編），《華僑華人百科全書——文藝卷》（暨南大學潘亞暾編，北京大學周南京總編輯）。謝馨及董君君二人都是有作品及評傳收入這四本書的，可謂「名山事業」，「名留青史」。

今年僑聯總會華文著述獎，詩歌類，第一名謝馨（菲律濱）。另有六人獲佳作獎，張琪（菲律濱）為其中之一；另五人，三人來自美國，馬來西及澳洲各一人。

小說類，共九人獲佳作獎，施柳鶯（菲律濱）為其中之一；其他得獎人來自美國，澳洲，馬來西亞。

散文類，十二人得佳作獎，其中二人為林瑪莉（晨夢子——菲律濱）及施柳鶯（菲律濱），其他十人來自美國，馬來西亞，澳洲，泰國及紐西蘭。

菲華文藝協會本月中舉行二十週年慶祝晚會時，僑聯總會副秘書長吳民民先生將頒獎予菲華文壇得獎的謝馨，張琪，施柳鶯，晨夢子。

詩人謝馨

龍傳人

榮獲專獎海外華人作家的最大獎——僑聯總會文藝創作獎詩歌類第一名（首獎）的謝馨是一個大詩人。本報本月初七日「菲華文藝」（菲華文藝協會會刊）曾轉載北京出版的《華僑華人百科全書——文學藝術卷》謝馨評傳。

謝馨，祖籍福建龍岩，原籍上海，出身臺北國立藝專。一九六二年她參加首屆中國小姐選美（當時施穎洲帶領的菲律濱文藝訪問團到了臺北。任評判員的中國文藝協會代表穆中南一九六九年來菲見到謝馨說他還記得這位「長腿姑娘」）。她也參加中國文藝協會歌誦團（我們在該會會刊封面上看到她）。謝馨做了空中小姐，認識並嫁給一位菲華世家子弟，來菲定居。以後十多年，謝馨全部時間埋首讀詩。我們這專欄為林海音辦的《純文學》月刊招待一百位訂戶，多年後認識謝馨，才在稀少的訂戶名單上看到她的名字，這也可見她早在文藝方面用功。一九八二年，菲華文藝協會成立，她是發起人之一，成為這文藝組織的中堅作家。以後，她的地位便隨她的詩青雲直上。《菲華文藝》主編人說她：「就詩論詩（質與量），以人論人（國內外名氣），（菲華文壇）沒有人可比謝馨。」

謝馨已有三本新詩集：《波斯貓》，《說給花聽》（附有施約翰英譯對照）以上二書臺北出版，《石林靜坐》（獲僑聯總會首獎），及翻譯傳記《變——麗芙・烏嫚自傳》。

臺北詩選集權威張默選編《新詩三百首》，收入新詩運動以來八十多年最佳作品，謝馨是有作品入選的菲華五位詩人之一。

施穎洲選編菲華文藝運動六十年內最佳作品集《菲華文藝》，謝馨有兩首詩入選。

臺北每年出版《年度詩選》，把一年在臺北發表的詩（約四千首）選入數十首。謝馨的詩曾經四年入選「年度詩選」，為菲華爭光。

三本重要的文學史：《華僑華人百科全書》（北京華僑出版社），《菲律濱華文文學史稿》（北京文聯出版社），《世界華文文學史》（廈門鷺江出版社）——以上三書均由一生研究海外文學的專家教授主編，都刊有謝馨的評傳，而且評選極好。

文學馳名的美國愛荷華大學每年主辦「國際寫作研究所」，禮請世界各國最好的作家，學者，教授參加，謝馨是四位菲華作家受邀請者之一。該大學贈她「榮譽研究員」（榮譽教授）證書。

新加坡主辦「國際華文文藝營」，每年邀請各國大作家（例如中國的蕭乾、艾青、余光中）參加。謝馨是出席過這文藝營的二位菲華作家之一。

我們為謝馨得獎致賀。

華人之光

對於菲華文學，臺北傳來了好消息：最近，臺北《聯合報》副刊及其他兩大機構聯合主辦的新詩徵文比賽，參加的詩人眾多，共有一千二百六十五位詩人。結果，入選的二十位詩人之中，我們菲華女詩人謝馨為其中一位。

這又一度證明，詩歌寫作，若以作品的質而言，我們菲華詩人並不落人之後。抗戰，內戰，文革，使中國詩壇成為一片荒地，這中間，臺北詩歌興盛，一枝獨秀。早就向臺北《聯合報》副刊發展的菲華詩人莊垂明（故）說：「就詩論詩，海外比大陸領先二十年」：而中國文學評論家孫紹振教授為《廿世紀旅外華人散文百家》選集寫序亦承認，詩與散文的成就，大陸落在海外之後。

而海外（中國大陸以外），詩的寫作成就，則以臺北最高。臺北《聯合報》副刊則被認為最佳的文藝園地，每日投入稿件以百計，選刊嚴格，稿費豐厚，入選不易。

女詩人謝馨，在一千多位詩人之中，拔地而起，巍然站立，為菲華文學爭到無限光榮。

謝馨之文

蕉椰

謝馨作為菲華杰出詩人的身份早已獲得公認，繼《謝馨散文集》的出版，又確立了她散文家的地位。

用詩心筆寫文的謝馨，令讀過她散文的人，發現用詩路或文路，都通達作者的心境。

由於習慣於謝馨的詩人身份，印象中都是她迷人感性的詩篇，若非《謝馨散文集》的結集出版，還真不知道她達寫了這麼多內容豐富的佳作。

在中國大陸文壇，作家身份的分類非常明確，王朔是小說家、余秋雨是散文家、謝冕是詩評家，都證明了，若非專攻，很難出頭。然而，菲華畢竟是商業社會，文藝乃是邊緣生態裡的一方淨土，詩人、作家們在這方淨土上不食人間煙火地存活與生滅，是商業社會的人士所無法想像的，他們一定以為這些「傻子」難道吃飽了沒事幹嗎？怎麼會做這樣吃力不討好的事呢？

正是因為有文藝傻子們的投入與奉獻，菲華社會才有了其豐富的多元生態，雖說人文環境還顯得虛薄，明顯缺乏厚重與深度，但歷史不會忘記曾經有無數文藝傻子樹立起文藝的戰旗，讓我們這個社會，多少有了點人文的生氣。

謝馨認為：以手寫開始，以人開始，藝術創造必須以人為本——人的思考、人的想像、人的精神……

是的，人之所以為人，就是有文化。一個人的文化身份，除了他的創作之外，更重要的是，其人本身，就是一件作品。

如果你能耐心的去讀《謝馨散文集》，你會對菲華文藝多一分敬重！

喜見謝馨——《石林靜坐》記感

潘亞暾

近赴榕與會前夕，意外地接到謝馨女士第三本詩集《石林靜坐》和一封熱情洋溢的信，字跡清秀美觀，言辭十分懇切，很想見到其本人。時在病，且行程緊迫致無暇閱讀。待至福州華僑大廈出席菲華文學研討會上，卻喜見謝馨，只惜舊雨新朋太多，無暇細談，深感遺憾。

記得多年前，我曾評過她的兩本詩集《波斯貓》和《說給花聽》，分別題為〈很現代又很傳統〉和〈象緣意生，情挑意濃〉，給予很高評價，並在拙著《海外華文文學現狀》（人民文學出版社出版）一書中列專節評論她的詩。

最近遠行歸來，讀謝馨的詩文，尤感親切，詩文俱佳，猶如余光中、因未見其散文集，還是談她的第三本詩集吧。

石林靜坐是一首記遊詩，見書中第十九頁和九十一頁。謝馨把它充氣漲大而成全書之名。名者實之賓，賞讀此書全名所統攝之詩章，你必心領神會其實際的涵蘊，詩言志，詩必有意蘊任你去挖掘去和詩人的心思共鳴，讀者和詩人同契，是謂知音，知音從來不多，故詩心有待探討。詩評家便是導讀人員，是一群對詩的心特別敏感的人。

謝馨是菲華著名詩人，出過兩本詩集，藉其譯本早已進入世界詩壇。這第三本詩集《石林靜坐》得詩人自編分為四輯。Ａ輯是有關菲律濱的人、地、事、物。Ｂ輯是旅遊隨筆。Ｃ輯是日常生活抒懷。Ｄ輯是十七首詩譯成三種語文。筆者認為，ＡＢＣ是全書的重點，Ｄ是翻譯家的活動場所，不文就是從ＡＢＣ中取例隨談，自評議可以，當做導讀也無妨。

按，佛教故事往往跳離宗教範圍而創造文學意境。謝馨的雲南旅遊詩記就屬於文學奇思妙想的一證。早先佛祖能靜思於此境，此蓋文學取象，理宜不究真假，只要奇妙則可。再如南朝梁武帝時期，有天竺高僧達摩來此嵩山少林寺，十年面壁，一葦渡江，其難度遠較樹下靜修為大。謝馨象奇特，不動的石林猶平常的綠林，靠靜坐隨想，便有奇幻的詩境自石林的底部湧出。心思化詩思，謝馨這首詩全憑智為取勝。

再看一首吟詠菲律濱民族英雄的悲壯史詩吧。〈席朗女將軍〉與其夫傑哥，都是十八世紀抗擊西班牙侵略者的愛國（菲）鬥士。傑哥慘遭暗殺，其妻繼續苦鬥侵略者多年，終因寡不敵眾，兵敗被俘處絞刑。Ａ輯中愛國主義的詩篇頗為不少。Ｂ輯旅遊隨筆有〈石林靜坐〉、〈韻律與風景〉、〈木樨飄香〉等等，都是大有高趣的微型遊記。Ｃ輯心思妙巧，使人樂賞其文。誠如詩人所自道，生活一如串連散落的珠子做成項鏈。把自己零碎的思緒滙印成冊便較有秩序化的呈現。今此四十則抒懷，散賞有意，合賞成書，唯讀者高明自行串組也。例如首篇〈雙人舞〉就以當代最新鮮的詩法抒發了一己的情懷，讀者各自以意逆志，其總體當然是無盡藏也。佔五頁篇幅，抒古今之幽情，聽萬眾之心聲，不亦樂乎？一二四頁〈懷女兒〉，寫女兒萬里迢迢赴美賓州大學資訊學院修習博士學位，這本是尋常的事，而周遭長春藤定然知道，母親對女兒，攀纏的牽掛……此詩以平淡寄深情，有溫和清雅的風格。一六六頁〈舊居〉寫懷舊走訪舊居，按六六七行的模式分段，各行字數不等而錯落有致。末段寫人不棄屋，屋也不叛人，「唯一異動的是——時光的河水在我們腳下／無情地流逝，周遭的景色／人物，事件便隨著／變遷，悄然地遠去？遠去……」全詩突出釀字的氣氛，舊居舊人釀制出時光遠去的懷舊的情懷。一七七頁〈女用皮包〉運思很妙，袋鼠身上天然有袋，不必花錢去買皮包，特別是名貴的女用皮包，只銷給英雄而不供英雄購買。女用皮包要用高價的材料；鱷魚皮、錦蛇皮，可能也配一些豬、牛、羊的皮革。總之，女用皮包比母袋鼠的皮肉袋子要昂貴好多。人心有靈，花樣百出；文明就是人不辭辛苦的雕琢。

我兩次赴菲，都無緣一會謝馨，原以為她是上海人，必是濃妝艷服，今番見到卻是樸素無華，一如《石林靜坐》封面上的她。我希望她除寫詩之外，多寫些散文，也像余光中一樣兩手都過硬，詩文俱佳，娥眉勝過鬚眉。我想，這是二十一世紀文學發展的大趨勢，海華文壇如此，菲華文壇更是如此。

物象的心靈化　心靈的物象化——評謝馨的詩集《波斯貓》

潘亞暾、費　勇

這本詩集，向我們展示的是一個優秀的詩人所具有的那種豐沛的感受，獨到的思想：這是一位不需要在「詩人」前面加以「女」字以顯現自身價值的女詩人，也就是說，她所著意渲染的，不是性別間的差異，諸如女性的溫柔、羞怯，女性的情懷，遐想等等。——在以男性為中心的社會中，很多女詩人能夠以這種獨有的「女性風味」，而獲得社會的承認，甚至獲得很高的讚譽。

但是，謝馨絕不是這樣的女詩人，她吸引讀者的，不是靠創造女性特有的芬芳氣息，女性特有的情思，而是她那普遍意義上的思索，或者說，是她對於世界、對於生命、對於生活的嚴肅，深刻的思索，對於蘊含於其間的真諦之執著的發掘，以及她對於外界萬象的不凡的感受力，為讀者營造了她自己作為一個真正詩人的形象，從而也向人們證明了：「真正的詩歌（也應包括其他所有種類的藝術）是可以消滅了性別的、國別的、種類的、時間的差異，而獲得某種永恆，共的價值。

如果非常粗略地劃分，詩歌也許可以被分成兩類：一是直接地抒發自己情感的，典型的浪漫主義風格的詩人，大多創作此類詩歌。

現代的一些詩人，雖然不是浪漫主義式的，有採用此類方式的。如臺灣的席慕容，幾乎可以說是一位相當地具有「煽情性」的詩人，迷醉了不少讀者。

二是曲陳地抒發自己的情感的，許多信奉現代主義的詩人，往往創作此類詩歌，他們喜歡運用富歷史，神話意義的隱喻，來表達自己的情感。中國古典詩歌的創作類型，總體上是傾向於第二類詩歌的，強調意象的組織，竭力減弱詩人「自我」在詩中的出現程度，而讓「意象」凸現於讀者的面前，所有的意蘊都可從「意象」中領悟得到，「問君能有幾多愁，恰似一江春水向東流」是一句典型的中國詩，「愁」被喻成「一江春水」這麼一個意象，引起的聯想是豐沛而含蓄的。

《波斯貓》詩集中的絕大多數詩都可以說是第二類的詩歌，這只要指出詩集中的大多數詩是「詠物」詩即可證明。從涵義上講，所有的文學作品都是在「詠物」，即「詠世間萬物」或「世間物象」但作為詩歌中一個小門類的「詠物詩」卻是指那些將視點固定於某一件具體的事物而吟詠的詩歌。

比如專門寫一種花或一朵花的，可以叫做「詠花詩」，在古典詩歌中比比皆是。

「詠物」詩似乎是比較好寫的詩歌，許多江郎才盡的詩人在沒有什麼思想情感可以抒發的時候，常常選擇一些自然界的動植物或生活中的物事，作為詩的題材，敷衍幾句，聊以表明自己還在創作。

但事實上，「詠物詩」是各類詩中最為難寫的一種類型，因為它的焦點是集中在一個特定的物事之上，詩人的所有聯想、比喻、哲理，都必須是從言特定的物事之中引發而產生的，這就要求詩人必須在自己的心靈與物象之間找到一種契合點，也就是說：要達到心與物溶合一的境界，心靈內在的思想情感恰好通過某一物象凸現而出，而某一物象又恰好心靈內在的思想情感所幻化；詠物詩中的「心靈」必須是物象化了的心靈，而物象必須是心靈化了的物象。

這對於詩人的眼光、感受力、組織力有著極高的要求。所以，像《波斯貓》這樣整本的詩集幾乎全是由詠物詩組成的詩集，確實使我們感到驚奇，而更使我感到驚奇的，是這些詠物詩中的大多數皆能給我們以種種悟的驚喜：噢，原來一件尋常的物事中也有著這樣的情致。

詩之所以存在的理由，不在於它再現了生活或人間萬物，而在於它超越了現實的秩序營造成幻象的世界，從而使我們的心靈得到昇華、淨化。

所有平常的事物經過了優秀詩人的描繪，都會散發出一種特殊的迷人光芒。一個候機大廳，一隻松花皮蛋，誰也不會從中參悟點什麼，或會認為其中有著不同尋常的東西，但是謝馨卻在候機室中感到了「不屬於過人，／不屬於將來／不屬於這裡，／不屬於那裡。」

這種感受或許每個乘客都在潛意識或讀意識中存在過，只是謝馨用凝煉的語言，將這種普遍的感覺完全詩化了。

松花皮蛋不過是一種家常的食品，但謝馨卻從它身上看到了「堅毅不屈的君子形象」，確給人以意想不到的驚奇。禪學告訴我們，佛陀無處在；讀完「波斯貓這本詩集，我們可以說，詩與佛陀一樣，也無處不在。

多少尋常的物事，化成了詩的幻象，詩人的視角所到之處，都會綻放出美麗神的詩之花，從「一滴水」到「薄紗窗簾」，到「花園」和「手抓飯」，從「紅燒獅子頭」到「指出」……滴水……／永不乾枯的一滴水／不肯匯入河用的／孤獨的／一滴水／流浪的雲從老遠跑來／邀請我陞華到更高的境界／雨為我流了許多淚／海洋答應我站在波濤的峰頂／向世界發言／但我仍堅持／我是一滴……／水／輕盈的滾動著，在荷葉上／看紅蓮由夢中甦醒。溫柔的／重掛著，在你眼睡下／等笑容／從你嘴角綻放。真空管內／有一則愛情的方程式／只有我能溶解／駝響起，你橫越沙漠前來找我／玫瑰枯萎；你要進入／我底世界——琤琮的世界／生命樂章最悅耳的一個音符藏在這兒／晶瑩的世界，愛人／頸頸最光潔的一顆珍珠落在這兒／還有，啊！還有每日清晨／小園裡，第一個／向你眨著眼說早安的／一滴晨露的滋潤底世界／。」

毫無疑問，詩人寫的確實是我們日常生活中的一滴水，但又不是尋常的一滴水，因為這一滴水具有人的靈性，它是一種獨立人格的化身，一種愛的呈現，一種生命的表徵。我們幾乎分不清這「一滴水」是草地上的一顆雨珠，是荷葉上的一滴水珠，還是一位獨立不屈、正直高潔的個體或一位溫柔的小情人。

正如德國大詩人里爾克的名詩「豹」，寫的每一字都是描繪動物園裡的「豹」，但每一句都向我們暗示著：人類的處境也如動物園中的豹，到底里爾克是在寫人還是在寫豹，幾乎無法分清。似乎是人成了豹，豹成了人，詩人完全與他（她）所描繪的物體合而為一了。

謝馨在這本詩集中所顯示出來的物，是令人驚佩的；她幾乎能從所有其它萬物的角度去思考，去抒懷，她寫皮蛋，皮蛋仿佛在思索，在向我們講述著什麼。她寫「蚊」，蚊子仿佛在向我們傾訴。她的「欄杆」這樣寫：

只是小小的禁忌啊；和牆底
絕緣體相比——如此分隔
的方式，是屬於情人的爭吵
是更形繾綣的別離

規劃後的秩序，是一種
軌道——行星般
認清了應該遵循的途徑，便不再迷
跡

征服宇宙的野心
而在彈丸的地，我也有過
佔有世界底慾望，像亞歷山大
或拿破侖，那是很久
很久以前，我很幼稚

現在我已認清自我
的界限，同時了解甚麼
是真正的快樂；有所歸依的
感覺，是幸福的
被約束也是一種喜悅。

「欄杆」這一平常的物體，在這裡竟被作者賦了相當哲理化的抒情色彩，而所有的引伸，升華都建立於「欄杆」這一個物體的原始意義之上，欄杆的原始意義就是要「有所限制，有所隔離」，又因欄杆是充滿空隙的，所以它的「限制」與「隔離」又是若即若離，朦朦朧朧，被限制與隔離的雙方仍然有許多無形的相通，所以，作者將它喻為「情人的爭吵」，「是更形繾綣的別離」，最後兩段則完全是自我感情的抒懷，是自我對於人生的頓悟，對於人生的新認知，而奇妙的是，詩中的「我」既可指「欄杆」，也可指作者自我。

似乎是作者有「欄杆」般的情意，「欄杆」有作者的心懷。即使從這裡所引的幾首詩來看，我們都可以強烈地感受到謝馨詩歌的大特點：借客觀的物體以抒發自我的情懷。正因為此，她的詩顯得十分節制、含蓄，欲說還休；即使是十分強烈的感情，她都避免直接的抒懷。而借用第三者作為中介來表現。

「尋根」的情緒，「流浪」的感受中，臺灣的一些詩人有過許多表達這種感觸的詩篇，他們或寫黃河、或寫長江、或寫西陵、或悲壯激越、或纏綿悱惻；相比之下，謝馨的風格很與眾不同，她選取的是十分日常化的景頭，用的也是十分客觀的口吻，如「華僑子弟」、「華僑義山」等但蘊含於其中的那份深深的落寞，悲涼，讀者還是能夠透過字裡行間，細細體味。

毫無疑問，形式應該與內容相一致，沒有離開一定內容的形式，也沒有離開一定形式的內容。立體主義的詩歌作為一種文學上的創新與試驗，有多值得的地方。但一旦只是為「立體」而「立體」，就沒有多大的意義了。

「波斯貓」中的許多詩很明顯地受了立體主義的影響，很講究詩行詩節的排列，但由於與詩歌內容的吻合，我們並不感到這是外加的，而是覺得它是應當如此的。因為它與所表現的情緒是水乳交溶的。

「一柱擎天」的詩行，排列雄壯肅穆，很讓人想到「一柱驚天」，「轉檯子女郎」的詩形，如同酒吧間裡嘈雜的氛圍，「單純的排列，確然給人一種單純的感覺。諸如此類，不勝例舉。」

總之，《波斯貓》中詩歌形體的美與她風格上的蘊藉，深刻一樣，感染了讀者。

英國哲學家科林伍德曾說：「偉大的藝術力量甚至在技巧有所欠缺的情況下也能產生出優美的藝術作品；而如果缺乏這種力量，即使最完美的技巧也不能產生出最優秀的作品」。

《波斯貓》中的一些技巧上可能還不夠純熟，如揀字揀句方面，但是充溢於其間的作者有的那種非凡的藝術氣質（或用科林伍德的話說，是「藝術力量」），使這本詩集毫無愧色地立於「優美的藝術作品」之列。

海外華文文學史：菲律濱華文文學

潘亞暾、汪義生

謝馨，上海人，畢業於臺北國立藝專，空姐出身，雖已年半百，創造力仍很旺盛，以詩歌飲譽臺灣東南亞華文詩壇。現任菲華文藝協會理事。已出版新詩集《波斯貓》、《說給花聽》和翻譯小說《變──麗芙・烏嫚自傳》等。

謝馨的詩以豐盈的內容取勝，題材涉獵很廣，萬事萬物皆入詩，並達致物象心靈化，心靈物象化之佳境。她的詩是從心泉中自然涌出來的，有時像現代化的「散文」，語言平易清新，易讀易懂，又蓄含深意。她的詩聯想異常豐富，新中求奇，奇中寓理，理中含謎，謎中藏趣，趣中見情，她善用凝煉的語言，將一些普通的感受予以詩化。一些尋常的景物，在她筆下化為詩的幻象，詩人的視角所到之處，都會綻放出美麗的神奇的詩之花，從「一滴水」到「薄紗窗帘」，從「花圃」到「手抓飯」，從「紅燒獅子頭」到「指甲」……信手拈來，都變得意趣盎然。

謝馨的詩又以節制、含蓄見長，欲說還休，即便是強烈的感情，都避免直接的喧瀉，而每每借用第三者作為中介來表現。例如「尋根」的情緒，「流浪」的感受，是普遍存於海外中國人心靈之中的，謝馨很少用直抒胸臆的方面來表達這種情感，她的〈華僑子弟〉、〈華僑義山〉等，選取的角度很別緻，然透過字裡行間，讀者還是能夠體味到那份深深的落寞、悲涼。《波斯貓》中的許多詩明顯地受了立體主義的影響，講究詩行詩節的排列，但由於跟詩歌內容的吻合，使我們感到這樣並非外加的形式，因為它與所表現的情緒水乳交溶了。如〈一柱擎天〉的詩行，排列雄壯肅穆，令人一望而聯想到「一柱擎天」的氣勢。

謝馨的《說給花聽》是一本中英文對照本，由施約翰把每首詩譯成英文詩，別開生面，流傳更廣，有利於國際交流，擴大了華文詩的影響。臺灣名詩人羅門為之寫了一篇長序，給予很高的評價。羅門的序題為〈以情、愛、感、知、靈、悟制作生命場景的女詩人謝馨〉，文中寫道：

很明顯的，謝馨內在的生命，思想與情感結構，對詩確具有靈敏與敏銳的感應力，以及那股真執狂熱的激情；同時也具駕馭其藝術表現的語言與技巧，去為具有深度的「美」的思想與情感工作的能力，而且更值得激賞的，是她確實在她眾多具有水準與內涵力的詩篇中，建立她一己充滿「情」與「愛」、「感」與「知」、「靈」與「悟」的多面性的生命存在境界與詩境。縱使她的詩，整體看來仍需要向詩的「純度」「質感」以及更清晰的語言脈線與完妥的造型結構世界，做進一步的努力與提升；但此刻都不會妨礙我們說她是一位確具有創作才情的杰出女詩人。

讀謝馨的這本詩集，不難看出詩人具有敏銳的洞察力、深透的思辨力和豐富的想像力，她有廣闊的胸襟，能包容大千世界的萬事萬物，融匯古今中外，在題材的駕馭上舉重若輕。謝馨的詩在語言上也很有特色，悉心品味，又能領略到平中顯奇的象徵意蘊和活潑的動態，由於注重錘煉語言，使讀者很有嚼頭。

象緣意生　情挑意濃——再評謝馨詩歌

潘亞暾、王列耀

相對於詩人的年齡，她似乎是菲國的遲慕者，論及她詩歌的成就，她則是詩國中的驕女。崛起於八十年代，收獲於八十年代，她無疑亦是獨秀於一方的人間繆司。

當她捧出兩本心血譜成的詩集《說給花聽》、《波斯貓》時，她似乎並不滿足，她這樣嚴厲地告誡自己：「起步太晚了／縱然你奔如一匹／光陰隙縫中／驚鴻一瞥的／白駒／赤身露體式的純真／早已讓亞當和夏娃在伊甸園中／捷足先登／當猶在冬眠／蘋果樹尚未開花」（〈裸奔〉）但是，歷史並不以早晚論英雄。詩國也是一樣。當你「驚鴻一瞥」似的飛騰時，世人正在對詩人寄予厚望。

一位詩人曾經說過：「一切都在隙縫中前行」。飛機呼，是因它找到了屬於自己的隙縫；巨輪破浪，也是因為把握著那行召喚著它的隙縫，既然，你是一匹在光陰的隙縫中飛奔的白駒；你會找到並且已經找到詩國中屬於你的隙縫。把握這行隙縫，拓展這行隙縫，謝馨將在九十年代的詩國獲得更大的歷史性空間。

扯不斷的「中國情意結」

菲律濱名學者羅細士在「說給花聽」的序中說：謝馨是位視野遼闊、情思浩翰的詩人。她所用的「媒介是中文，詩意卻是宇宙的。在某些方面，她偏向西方甚於東方。她的星相組詩寫的不是中國的十二生肖，六十年甲子一週天，而是西方的黃道十二宮」。是的，謝馨是詩國中難得的一位天馬行空的詩人。如果說真有「世界人」的話，目前看來唯有國際航班的機上成員堪此美稱。此書之下，謝馨堪稱詩國中的「世界人」。她的詩歌中，既有西方的神話、風情、人物、情趣，甚至進化論，又有東方的佛語、倫理、風俗、直至食經。但是，從謝馨詩歌的主導來看，從魂系詩人情愫甚至潛意識的根系來看，她不應是西方的，也不是「世界」的；而是包括菲律濱在內的東方的，更是蘊育出古老文明的中華的。

謝馨是一位善於營造意象，把握意象的詩人。相對於立觀之「意」，客觀物象總是有限的。但是，由於詩人無窮的創造的與想像力，詩人筆下的「意中象」卻變幻無窮，常變常新。誠如一首〈波斯貓〉：「我伸縮的瞳孔在黑暗中見到些什麼／東方一古老國度的神秘以及你前世／再前世／許多世結下的宿緣／……孔雀王朝浮華的羽翼奪不去／我的專寵／當我雪印花瓣／悄靜的步履踩入／踩入你最纖秀／最深微的／潛意識裡。」通過波斯貓那深邃，伸縮的「瞳孔」，作者寄予並延續了無盡的主觀之「意」。再通過想像中貓的「步履」，作者以可感可觸的方式，牽出了自己東方人的靈魂。

一首〈絲棉被〉也「洩露」著作者潛意識的秘密。「當我無意／重復抽絲／剝繭的過程；由蛹／至蝶，遠溯至／老莊底夢境／我只延著絲路，尋覓／溫柔鄉／的位置；彩繡的／地點，在被面／勾勒出東方／旖旎的經緯。織棉的／羅盤，由纖細的花針／指向古典／琴瑟的一絲一弦。」「抽絲」這一意象，在中國古典詩歌中尤為盛行。李商隱的名句：「春蠶到死絲方盡」，更把其中的內涵發揮到極至。臺灣女詩人，對之也尤其偏愛。但是，由於她們多在本地，「抽絲」意象在詩作中出現時，常能換為「蠶蛹」或「蝶蛹」。並且，多用來表現代女性所置身的情感與生存困境。如瓊虹《金蛹》集中的〈幻覺〉一詩，以泥洞中的蟲蛹象徵女性陷於情感時，自覺處處痛苦，在〈捆〉一詩中，瓊虹說：「我是繭中的化民／你用鐵絲捆我」，寫出陷入情網中女性受折磨的痛苦。席慕蓉《七里香》集中的〈春蠶〉一詩，詩人則是自己在捆自己，「做一隻寂寞的春蠶／在金色的繭裡／期待著一份來世的／許諾」。謝馨長在臺灣，六十年代遠嫁菲律濱，成了臺灣詩壇名符其實的「嫁出去的女兒」。她的「抽絲」意象，也是自己在捆自己。但是，自「捆」之「繩索」不是女性情感受挫時的「閨怨」，而是身作「嫁娘」後，在盡職盡責地成為「夫家」一員的同時，對「娘家」、對「母親」褪不去，理還亂的眷戀與歸心。

謝馨詩中顯現的「中國情意結」，並非只潛伏於詩人的潛意識深處，更時時上昇在她的意識之端。她干脆以「中國結」為題讓其行走於筆端：「催眠之後，依然難以訴諸語言／和文字啊！中國／你是我潛意識最深陷的戀母／戀父情結。／……（中略廿行）／……萬象／紛雜的思緒中，我已摸索出／以貫之的方向和途徑——纖柔的／步履，執著地／仿效你華廈底韻致。且在每一個／轉身的姿態，每一個／低徊的流盼裡，中國啊／中國，我痴迷地摸擬／你／漢唐的風華。」這裡，作者所抒之情，已遠遠超出所謂「潛意識」。「纖柔」的筆調之中「自縛」的意象之後，表達的是詩人，也是世界各地華文文學作者魂系中華，光我華夏的文學追求、人格追求。

以意取象、時變時新

謝馨不屬於「書齋型」的詩人。她不靠「掉書袋」來獲取創作的靈感。而是「雲游四海」之後，從生活中，從自己敏感的藝術心中，生發出詩歌之源。也許可以說，她是一位具有藝術質的生活型詩人。她時時作詩，處處得到靈感，甚至將詩作引到無邊的宇宙。

古人云：詩歌的創作是：有形發無形，無形皆有形。在謝馨的一些傑作中，正是為此。詩人從平凡小事，日常生活以及社會變遷中悟出許多一己之見。一旦訴諸詩篇，她總能處處時時找到一些物象來，寄寓和伸展自己的心意情思。從而，既使無情的物象因獲致了詩人的心意情思而靈動，亦使無形，抽象的心意情思得到有型，具象的固定與展現。例為〈一滴水〉「一……滴……水／永不干枯的一滴水／流浪的雲從老遠跑來／邀請我昇華到更高的境界／而為我流了許多淚／海洋答應我站在波濤的峰頂／向世界發言／但我仍堅持／我是一滴……／水」。一滴水，在生活中平之又凡。則因獲得了詩人的人格力量，變得崇高，變得有了靈性。而人的靈魂，人的品格這些抽象性的意境，正是通過幻象中水的具象性活動，得以伸展與凸現。謝馨詩歌中，意象的種類也是五彩繽紛的。詩人巧妙地利用各種意象，構築起一個美妙的藝術世界。

精美的抒情小詩〈點絳唇〉，使人閱過之後最難忘懷：「而我真如一闋／小令，婉約纏綿／深印／於你腦際／永不褪色／紅了／櫻桃的往事／你一遍一遍回味／反覆背誦／吟詠。」詩中的中心意象是「一闋小令」，象徵著「我」——「你」心中的「我」。纏綿的情感，難忘的情意，也正像一首精美的歌，流淌在「你」「我」的心田、腦海。與之同時，作者又選擇了一個很奇妙，貼切的象徵性意象——「櫻桃」。明裡套用了古人「櫻桃小嘴」之俗語，但用其形容「往事」，頓令「陳腐」變得生機搖曳；暗中「櫻桃」又賦予「小令」的色彩，同時還令人想起「點絳唇」時欲滴之鮮汁。一時間，真如畫龍點睛。歌中套情，情中見象，則有歌。鑿是聲、光、色、味、象、形、意樣樣皆出，使人出神般地沉溺於，回味於這首美不勝收，遐想無窮的行歌「小令」。

在另外一首使人玄想回味的詩歌〈旋轉門〉中，作者則巧妙地利用了借喻性意象：「玩魔術那樣地／一轉身／即不見了，進入／牆的另一邊，像坐木馬／的孩子，享受／旋轉的樂趣／……／於是出口和入口／成了一種／方向的遊戲／……／人與人的隔閡／在沒有門的地方，也一樣，存在著。」這裡，作者以「遊戲」的方式與口吻，明寫魔術之牆。它沒有「出口」和「入口」，甚至沒有實體。但又無時不在，各方不有。作者借明人際之「牆」的森嚴壁壘，以及在實際生活中的無處不存。

謝馨作詩，最善於調動和利用各種比喻性意象。〈香水〉中，即以本體與喻體的相似點為基礎廣比博喻：如「飛來／像雲／飄來／像水，流來／像玉人」等等，將香水之靜態與動態之奏，抒發得新奇倍至，淋漓盡至。

根據不同的情思，調動不同的意象。並且，時時變幻使用方式，是謝馨詩歌中的精品得以成功的一個極為重要的藝術原因。

以情注詩，情挑意濃

謝馨寫詩，講究情感的真摯與全身心的投入。無論寫花草鳥木，宇宙星際，還是神話教事，人物風情，她都在其中加上了的濃情厚意。她的優秀詩作，總給人一種強烈的感覺。情，濃得化不開！請看〈天蠍座〉中的一節：

於是你滲透愛情　一如
你滲透死亡　　　一如
向女王蜂求愛的雄蜂
生命和螫同時獻上
一如交尾後
連屍身也被吞噬的
螳螂

作者這裡借用了「雄蜂」、「螳螂」的以身求愛，以身殉愛的意象，表現她對感情的理解。她寫的雖是天蠍星座，抒發的卻現代人對愛情如痴如迷的奉獻精神。從這裡，我們既可看見王爾德筆下《沙樂美》一劇所讚頌的；為愛而生，為愛而死的「唯美」式愛情，也可見到現代觀點衝擊下；東方女性出發於傳統又是薰陶於現代之時，所鍛鍊出的獻身型、主動型的愛情觀。

情感是濃烈的，表現則是冷靜的。作者以靜感動，以描敘代直抒。但正是在這冷靜的意象流動之後，作者「滲透」其中的濃情欲燃燒著讀者接受的心靈，並以美的方式，滲透進讀者的心靈。

作者的情感十分豐富，熱得灼人。但在她的精美詩作中，作者總善於「含隱蓄秀」，既以情注詩，又曲徑多條，移花接木，曲中求直，曲直有方，上文所及「絲棉被」、「點絳唇」均是這方面的佳作。再請看詩人作為書名的〈說給花聽〉一詩：

等你，我的雙眼望穿
秋水後，兩臂
也伸展如冬之枝椏
但我依然耐心地等候
春
總是會來的

……

而明晨——
浮上妳美麗臉頰的
是怎麼揮也揮不去的
豔如霞彩的紅暈

作者供花表情，以花寫人，曲筆之中一般濃烈的情感瀰漫在全詩之中。而且，詩人也可以稱得上是感情的富翁。她在詩中所抒發的情感是多種的。複雜的。首先作者借花，表達人間男女，尤其是少男少女的痴迷之情。其次，作者以花比人，表達戀愛中的男子，對靈肉合一之愛望與憧之情。其三，作者更藉男子對女性的情愛之渴望，表現初戀時的少女懷春、慕春、戀春之衝動之情和隱秘之情。

詩人的情感愈豐富，表達的情感愈複雜，並且又夠找到一種合適的表達方式，那麼，詩歌就愈能產生多重美感，一種更易激動的美感，這首簡短的「說給花聽」，就是這樣。它提供給讀者的是一個廣闊的思維與回味空間，是一個多維的幻想與欣賞的出發地。

當然，謝馨的詩歌並不能說首首都達到了最佳境界。她追求淺白，但也有的詩寫得過於淺白；她變幻著形式，但也不是每種形式都寫得極為成功。並且，她些詩作，還流露過密，或者以情傷文的毛病。但是，以謝馨詩作的主導傾向，以及她的美學追求來看，無疑，她是一個大步前行的詩人。可以這樣預言，九十年代將是詩人全面成熟的時代。據己之長，摒己之短，華文文學界正翹望著詩人謝馨的「飛行」式奮進！

一九九九年二月七日寫於暨南園

很現代又很傳統——遙致謝馨書

潘亞暾

三年前，我應邀訪菲，幸會上百文友，唯獨沒能遇見你，至今引為憾事。多年前，我就讀過你的詩作，心儀已久。

近年來，到處見到大作，你的名字時時縈迴腦際。無奈，我太匆忙，四面八方向我走來，使我目不暇給，招架不住，特別是最近，五個出版社催交書稿甚急，我的拖延戰術已經失靈，非畢其功於一股不可。

我正日夜兼程趕路，今午喜接惠贈兩本雪白雪白的詩集，愛不釋手，正好病中靜讀，精神為之一振。我不禁歡呼：好詩集，真正的好詩集！

要寫一首好詩並不難，難的是整本詩集不重復別人也不重複自己。我總是匆匆忙忙，既重復別人也在重復自己。自覺早該進入「冬眠」時期，不該老是下筆不能自休，不謹嚴，不縝密，也不新穎獨特。而你正和我相反，新中求奇，奇中寓理，理中含謎，謎中有趣，趣中見情。

至今，我對你仍一無所知，只聽說你是空姐出身。恰好我有兩位空姐文友，卻皆不寫詩，一太妖艷，一太圓滑，雖然都長得很美，很青春，才華也很橫溢，只可惜太會包裝粉飾，太會推銷自己。太現代化的，叫人不敢恭維，太傳統的，也讓人不好親隨。

從雪白雪白的封面看，你可能過於樸實，不裝飾，不宣傳自己，連張彩照也沒有，也不顯耀你的身世，經歷和實績。過與不及都不好。

但從詩集內容看，你是既現代又傳統的，雪白的封面正是你的本色；不矯揉做作，不故弄玄虛，不賣弄風騷，不好世俗，平易近人，恬靜聖潔，猶如芙蓉出水，亭亭玉玉，月上東山，皎潔生輝。雪白的封面留下廣闊空白，讓讀者去聯想去猜測去欣賞。

你的詩揮灑自如，變化萬千，十分灑脫，富有魅力。有婉約，有豪放，有低吟淺唱，也有大江東去，陰陽互濟，剛柔兼具。有音樂美，有建築美，有人情美，也有哲思美，時如涓涓細流的山溪，時如浩浩蕩蕩的江海，沉醉在你的詩海裡，喜見潔白的山茶花，也愛上鮮灑的紅玫瑰。

你的詩首先是以豐盈的內容取勝，題材無限廣闊，萬事萬物不怕入詩。並能做到物學心靈化，心靈物學化。

你的詩是從心靈中自然流淌出來的，是完全現代化「散文」，語言平易清新，易讀易懂，又蘊合深意，使人一唱三嘆，回味無窮，可謂淡中有味，雋永深邃。令人驚喜的是你擅長以點見面，以小見大，以淺入深聯想豐富，浮想聯扇簡潔凝煉，馥寧溫馨，是以淨化靈魂，美化人生，給人以美好享受和哲理反思。

你的詩沒有現代派的晦澀艱深，卻有當代意識和銳意創新，你的批判寓於溫情暖意愛心美意令人樂於接納，並感到十分親切。你總是侃侃而談，真識坦率，娓娓動聽，如訴心曲，如歌行板……。

你的詩是菲華詩壇一枝奇葩，值得探索，值得評介。由於激動，無法分析，只能先談點印象和感想。我將會和我的助手和學生一起詩論研究，並寫出一評一評甚至三評四評來，至時再寄上，請你斧正，也請菲華詩界一起詩論。

一九九〇年十一月十日　暨園

陳賢茂、陳劍暉、吳奕錡、趙順宏

不論是僅僅謝馨的零散詩篇還是系統地披讀過她同時出版於一九九〇年的兩本詩集《波斯貓》和《說給花聽》的讀者，在驚訝於女詩人選材的太過平常的同時，也一定會對她在這些詩作中所表現出來的深刻的生活體驗和獨具的才情留下難忘的印象。是的，當我們看到諸如椅子、電梯、旋轉門、鈕扣、木瓜、絲棉被這麼一些物品名稱時，的確很難把它們跟高雅的詩歌創作聯繫起來；我們也無法設想出，詩人是怎樣把這些純粹是現代都市小市民常常掛在嘴邊的，沒有絲毫的詩情畫意，因而也難以引發任何的創作衝動的普通物事，點化成富於詩意和哲理的「物象」？

〈椅子〉由四條腿和一塊平面木板結構而成的椅子，不管它是玉雕的，石刻的，還是藤蔓編織的，金銀鑄成的，其功能不外是供人安坐休憩。自古以來莫不如是，在一般人看來，並沒有什麼值得為之置喙的必要。但謝馨卻偏偏看到了它除此之外的另一方面：「然而／有些事是必需／必需坐下來／始能找出頭緒，有些／智慧／是不能在奔跑／跳躍的狀況下領悟的。」我們從中依稀可以理解到的是「椅子」「勸人」「坐」下來解決人類的某些紛爭和告訴人們只有耐得住寂寞才能釀造智慧的一番苦心。這比之我們平常所知悉的椅子的功能和意義，不能不說是另一番新的闡發。〈電梯〉也是這樣，這種代化都市高樓大廈中不可或缺的冷冰冰的鋼鐵運送工具，在詩中，硬是變成了有「體溫」有「血壓」的物體，而它終日不斷地，毫無規律地上上下下升升降降，在詩人眼中，卻又變成一根顯現高樓（抑或是「現代社會」？）「體溫」和「血壓」變化的水銀柱。至於那扇不斷的旋進旋出的〈旋轉門〉，它的三百六十度自由旋轉開放所具有的暗示和象徵意義，則已成為詩人體會人生的「神妙」與「游戲」意味的對應物了。凡此種種，不論是「椅子、電梯、旋轉門」，還是「鈕扣、木瓜、絲棉被」抑或是我們未曾提及的諸如「古瓷、紙鎮、卷心菜」等等物品，都是現代都市司空見慣而又為一般的詩人懶於和不屑於光顧的東西，謝馨不但寫了，而且還從發現了它們所潛藏著而又為人們所忽視的「物趣」和「意趣」（羅門語）。這種選材的平常和表達效果的不平常可以說是謝馨詩歌創作的一種基本藝術範式，由此，我們也就在她的詩集中看到了大量的這一類的「詠物詩」。中國詩歌歷來有「借物言志」的愛好，謝馨無疑的是受到了這一傳統的影響並緊緊地承續了這一傳統的。但是，有一點小小的不同是，大多數的古典詩人的「詠物詩」，不是借以表達人生理想便是抒發懷才不遇的憂憤，而謝馨顯然是不屬於這兩類的。她的興趣，大概僅僅在於借著對這些人們所習見的平常物的吟詠，表達出她對生活現實乃至世界的另一番感知或了悟。

自從於世紀初期「意象派」和「象徵派」詩歌確定了它們在現代派詩歌中的代表性地位並領導者現代歌的「新潮流」以後，對「意象」的組織營造也就成絕大多數現代詩人的共識和自覺行動。時至今日，舉凡詩壇中人，不管是詩歌創作的重要性。謝馨的詩明顯的不屬於現代派或現代主義，她也從沒有宣稱過自己服膺什麼流派什麼主義，但是，她在詩歌中對意象的充足和營造卻是極見功力的。她的那首為人們所廣為稱道的〈HALO HALO〉就很能說明這一點。在詩中，作詩題的〈HALO HALO〉，在菲語中就是「混合」的意思，也是菲律濱人常常飲用的一種甜食冷飲的名字。它由各種蜜餞、果凍、牛奶、布丁、米花、碎冰、冰淇淋攪拌而成，色彩斑爛絢麗，作者借用其外觀和本身名字的含義作為全詩的中心意象，比擬並贊美著菲律濱這多元種族多元化的國度。不僅意象瑰麗富有強烈的象徵效果而且顯得十分親切感人。在她的另一詩作〈絲棉被〉中，作者發揮了她精彩的想像力，從「絲棉被」的「絲」字聯想到古老的「絲路」，將「被」字轉化為「藍田」，從而創設出一個「絲弦琴瑟」「藍田種玉」的極富古典色彩的意象，既十分切合「絲棉被」的溫軟特質，其意境又是那麼的柔美溫馨。一般來說，謝馨詩歌中的意象都較為瑰麗迷人。上述的〈HALO HALO〉、〈絲棉被〉是這樣，〈紙鎮〉、〈古瓷〉等等詩作也同樣如是。這大概與詩人生活的順遂優裕不無關係吧。

事實上，構成謝馨詩歌中意象的瑰麗迷人，除了她的別具慧心之外，與她語言的嫵媚典雅也有很大的關係，或者，換句話說，謝馨詩歌語言的嫵媚典雅，很大程度上也成就了她的意象的瑰麗迷人。不信，且看看她的〈絲棉被〉是如何運用語言的：

當然我無意
重復抽絲剝繭的過程，由蛹
至蝶，遠溯至
老莊底夢境
我只延著絲路，尋見
溫柔
的位置：彩繡的
地圖，在被面
勾勒出東方
旖旎的經緯。織棉的。
羅盤，由纖細的花針
指向古典
琴瑟的一絲一弦

點燃一支紅燭。低吟
　一首藍田
種玉的晦澀詩篇
啊！溫柔鄉
雲深，霧重
虛無飄渺如芙蓉帳
閉上眼，依稀聽見
春水暖暖
自枕畔流過……

不必去著意追尋和領略什麼意象和意境，光是詩中那古雅委婉如夢如幻的文字與節奏所形成的詩意和韻味，就足以令人低回吟詠沉醉其中了。而她的那首精美的抒情短詩〈點絳唇〉的玲瓏精致的美，也同樣的得益於詩中諸如「紅了櫻桃的往事／你一遍遍的回味」這樣一些充滿意趣與情趣的詩句所形成的特殊的美的感染力和美感效應；同樣，還有讓人們有著多種解釋的〈脫衣舞〉，還有〈古瓷〉、〈紙鎮〉，還有〈薄紗窗帘〉、〈時裝表演〉等等，也都是語言嫵媚優雅意象瑰麗迷人的篇章。此外，她在〈單純〉和〈迪斯可〉中借助漢字特有的方塊形狀所構起來的雨後虹橋和迪斯可舞蹈的跳動不定的外在形式，也都顯現她在駕馭漢語言文字方面的才能，以及她對詩的語言的多方面藝術追求。

謝馨，這位出生於上海，成長於臺灣，最後定居於菲律濱的女詩人，直至一九八二年才加盟詩壇，算起來詩齡並不太長，但是，她那種善於從平凡物事中挖掘出不平凡的詩意和哲理的獨特的藝術氣質，她的詩歌中所具有的意象的瑰麗迷人和語言的嫵媚典所產生的魅力，卻使她甫一現身詩壇便聲譽鵲起。可以預期的是，假以時日，謝馨將會有更為豐碩的收獲和出色的表現。

詩在情深處

章亞昕

中年心事濃如酒，少女情懷總是詩，傑出的菲華女詩人謝馨，年過不惑始寫現代詩，在她的詩作中，自然更多對生命的感悟，更多對人生的回味。是的，詩意來自情感的最深處，詩是一種需要細細品味的藝術。在〈波斯貓〉這首詩裡，詩人告訴我們：

我伸縮底瞳孔在黑暗中見到些什麼
東方一古老國度的神秘以及你前世
再前世
許多世結下的宿緣

重視人的內在情感，本來就是東方人的傳統，發達的抒情詩藝術，代表了一種文化精神，所以通往過去的「宿緣」，也指向了未來，乃是「第六感之外的預言」。唯其如此，品味詩意時「見到些什麼」，總是如此地意味深長。詩人不是以指為月，而是通過藝術視野，直接進入內心世界的深處，使讀者調動整個心靈的全部活力，去感悟自己的言外之意。

追求感情的深度，詩人自能感生與知性並重，即便隨興而發，在精細的美感中也滲透了她婉轉的才情，流露出詩意無窮的韻味。〈木匠〉的情思同樣是入木三分：

循著木質純樸的
紋路　也許能索回
　　蟬聲與鳥鳴
合奏的仲夏日一痴迷的
執刀人　正在一棵
參天古木，鏤刻
愛底紋身
（心型符號裡是小兒女的鑄情和盟誓　希冀地老天荒的永恆一沿著歲月迴旋底年輪）

走入「年輪」，情感便是有深度的！我們只看見了「紋身」的意象，然而在「心型符號」後面，還有她深摯的情感……入木三分的思緒，遂深入了樹木內的生命，那裡有歲月留下的印痕，可以想見昔日的「蟬聲與鳥鳴」。只要你認真去讀謝馨的詩句，

那時，你便會相信有關
花底、葉底
傳奇、果底
　　神話
以及樹底輪迴
轉世和再生一自書桌
的面、椅子的腳
舟楫的腹和屋宇的脊背……

只要精神的「年輪」還在，傳統也就在，人間萬物也因此而擁有了生命！在這裡，一切人工文物原本都是自然之物，一切外在意象原本都是內在心情。華文詩以「契合」為最高審美境界，注重天與人，物與我，情與理，虛與實，文與質等等的和諧統一，即「天人合一」的大同精神，也就要

從「年輪」入手寫意傳神，追求抓取意象的內在氣韻。謝馨的詩正是以氣韻見長，以寫意傳神取勝的。

物我兩契，詩便可以內合拍。有什麼樣的「木匠」，也就有什麼樣的「椅子」。〈椅子〉這首詩抒情的紋理，主要是取決於人生經驗中精神的脈絡。「椅子」以其物質的能屬性，凸顯了行為方式的精神結構。「你坐下？我便存在」，乃是一種對生命本質的把握，將感情提昇為知性，把「無時不在／無處不在」之物，納入了詩人對歷史的沉思，以及她對人性的領悟：

對於成為
神聖，崇高
權利與力量的
表徵形象，確實
是令我受寵若驚的，為了
一個寶座
而拚得你死我活
一個王位
而勞師動眾，生靈塗炭的例子

歷史上
是層出不窮的。然而
有些事是必需
必需坐下來
始能找出頭緒，大些
智慧
是不能在奔跑
跳躍的狀況下領悟的

身若安然，心便靈動。「椅子」的哲學，原來在於「任勞任怨的承受」：「椅子」的價值，其實無關於「虛飾的／物質的外表」。爭權奪利並非人生的目的所在，這即是「一動不如一靜的真理」。只要能坐下來，又合必排座次，智慧遠比地位更加重要。於是人心不受外物所投，自己成為自己的主人。可見情感的深度離不開詩人的胸襟，襟懷決定創作的心態模式，影響意象的審美形式。詩人隨感而興，夢往神遊，其中自有「許多世結下的宿緣」，使心靈的最深層部份，和事物的最深層部份，通向了自然的大道。在詩中，「椅子」兼有實體、功能、動靜、自然等不同屬性，意象一化為多，聯想多樣而又使多歸於一，體現出中華民族詩思維的優秀傳統？

有深度的情感，一是表現為情思的真切，二是表現為抒情的含蓄。謝馨的詩，因襟懷坦然而時見豪情，又因詩思宛轉而富於韻味，由簡致遠，因隱示深，從而獲得弦外之音，韻外之致，在詩句中充滿了悠揚宛轉的語感。〈一柱擎天〉的詩思，也正是剛柔相濟，處處實相生，與入木三分的「椅子」意象，有著異曲同工之妙：

我必須
　直立
必須冷漠
　必須
支持著
高舉著
負荷著
一些甚麼
在雅典項城
伯特農神殿的
　石柱上

我支持著光輝的愛琴海文化「直立」而不曲的「柱子」，道是「冷漠」卻有情，「柱主」的意象可以象徵悠久的傳統，乃是民族精神的脊樑。當文化被轉換為民俗，它自其相對的穩定性，支持著人們種種情感與信仰。於是詩人由小我走向了大我。她說：「你的哀傷／怎樣也比不上／一根倒下／柱子的淒涼」。這話極真切，又極含蘊，有很大的包容力。詩意即是高擎華夏民族文化精神的一根「柱子」。謝馨曾任臺北民航空運公司的空中服務員，對於世界各地文化與民俗的差異，必定會有很深的體會。領悟「柱子」的意象，自然有助於確認個人詩歌藝術在文化時空中所佔有的位置。她在華文詩創作中繼承了華夏民族的重情文化傳統，其表現手法也就重視暗示和象徵，不著色相，不落言筌，所課「不著一字，盡得風流」；「超以象外」得其環中。唯其如此「柱子」便同「椅子」一樣，自有其內在的「年輪」，都是虛實相生，把實物的真形往虛處寫，「離形得似」，抒情的內容只可意會而難以言傳。

這種創作心境，可以從詩人的「中國結」中得以解說。謝馨自己也在〈中國結〉的詩中如是說：「你是我潛意識最深陷的戀母／戀父情結。回到螺祖第一隻／春蠶的襁褓時期，或能闡釋／我內心曲折，繁複的糾纏／和掙扎。」她是在十歲那年從大陸移居臺灣的，二十多歲又出國去了菲律濱。在道路盡處，是天涯海角；海天茫茫雖然可以成為更加廣闊的人生路，然而兒時故土的依依情，卻因此而化入了詩思，使文化傳統具有一種可以滿足情感需要的作用。這種體驗無疑能夠強化詩人對自己內在情感的洞察力和感受力。她長於細緻地觀察人生，敏銳地感受生命，深刻地領悟詩意，詩中便不乏想像的靈感和超越的動力。詩窮而後工，內指性的、積鬱性的苦悶情懷，總是深刻而充滿力度，很容易形成一種相當強大的心理勢能，使詩人不吐不快。想像力總敵不開未被滿足的願望，詩可以怨，詩人可以在重情文化傳統中有所寄託並且得以解脫。文化精神與藝術趣味往往是相對應的，因此謝馨在「我底憂慮」之餘，找到了自己。

一以貫之的方向和途徑一纖柔的
步履，執著地
仿傚你華夏底韻緻。且在每一個
轉身的姿態，每一個
低徊的流盼裡，中國啊！
中國，我癡迷地模擬
你
漢唐的風華

情之所在，亦即詩之所性。「漢唐的風華」遂化作謝馨詩中的流韻，古老的意象就這樣變成了一片清新的風景……其中正有一種她對於抒情風格的自覺追求。詩人呼吸在東方的文化氛圍中，出入於中西相對的精神世界裡，意象便由此而化生；詩思飛動，時時脈脈含情，處處絲絲入扣，意象俯拾即是，又能著手成春，即便是海外風光，那裡面也蕩漾著「中國結」所激起的精神之流。

江流千里，自有其源；海納百川，各有來處；然而江流入海，也就另是一樣風景。〈一滴水〉的抒情主人翁說她是「一滴水」如同荷葉上的珠，「看紅蓮由夢中甦醒。」她卻不肯「匯入河川」，乃是「生命樂章最悅耳的一個音符」，故僅僅一滴，便足以溶解「愛情符」，故僅僅一滴，便足以溶解「愛情的方程式」。這正是在重情文化傳統中陶冶出來的藝術個性，縱然走遍天下，也絕不情願迷失了自己本來面目。

流浪的雲從老遠跑來
邀請我昇華到更高的境界
雨為我流了許多淚
海洋答應我站在波濤的峰頂
向世界發言
但我仍堅持
我們一滴……

水

入川大海不亡淵源，抒情主人翁也就在舉手投足之間，處處宛然「漢唐的風華」，即便是描眉畫眼如〈柳眉〉、〈藍眼膏〉、〈點絳脣〉諸詩，那眉目神情依舊是漢族女兒家的風範，「飄逸自然」，「婉約纏綿」，只不過「我已全然／懂得屬於藍色的／憤怒，感傷／與幻滅。」這使我們想起了「斷腸人在天涯」，詩人眉睫之前似乎盡是淒涼意。

其實，這正是第一代移民所常有的文化心態——過去的經驗已不適宜於現在的環境，人地兩生的世界也不再崇尚昔日的權威，然而文化的傳統又總是通向了兒時的記憶，故園的鄉情從此是夢中的溫馨……守護著自己的本來面目，同時去細細打量新的天地，比較中的文化間的差異，思索海外遊子的命運，於是，謝馨的詩中，也就頗多華人心目中的海外風情，外在的觀感與內在的情感相反相成，相異相生，相互衝擊激蕩，相互啟示發揚，遂造成了藝術境界裡別開生面的抒情氛圍！這就像那首「王彬街在中國城」，但是「中國城不是中國」的〈王彬街〉一般，「王彬街」只不過是抒情主義翁思鄉時自我慰藉的代用品，「我每次想中國／就去王彬街」，詩人從那裡的民俗，可以品味出華夏的文化：

去王彬街吃一頓中國菜
一雙筷子比一隻筆桿兒
更能挑起悠久的歷史

去王彬街喝一盎烏龍茶
一杯清茶較幾滴藍墨水
更能沖出長遠的文化

文化的魅力，在於它已經滲透於民俗之中，習慣成自然，轉換成一種生活方式。詩人的感悟確實表現出她眼光的敏銳與深刻，而這敏銳且又深刻的感受力，則來自於銘心刻骨的深情！人在海外，心繫故鄉，新的閱歷與舊的傳統相互疊合，自我感覺和自我意識難免會發生一些微妙的變化，而這些變化也會影響謝馨對於他人的觀感。人們之間，總是同中有異，異中有同，而〈華僑子弟〉中的形象，顯然包含了詩人極為深沉的感慨：

傳到第四代　子孫們
就開始像螃蟹那樣橫著走
在紙上
他們嘴裡咬著熱狗
看見龍就說
那是東方的玩意兒

屬於遙遠的中國

龍的傳人也會數典忘祖，這實在是海外遊子的命運，文化就像民俗那樣無法遺傳，子孫們又怎麼會有與父母們同樣的心情！上一輩的異鄉情懷，總會變成下一代人的認同意識，未經蜀地之人，難免樂不思蜀。故對於「華僑子弟」而言，若要「玩尋根的遊戲」，也不妨等到生命中的和平，「葉子要到秋天才落下來」，此言似乎輕鬆而實極沉痛。在這裡，詩人面對的是一種文化代溝現象。空間的轉移造成了時間的割裂，上一輩重視過去的回憶，下一代強調未來的機遇，便產生不同的行為方式，不同的身世之感，不同的價值觀念……不同的情境自有不同的活法，不同的心境自有不同的想法，不同的語境自有不同的說法，異鄉情懷和認同意識，便構成了海外華人的兩難選擇，因為文化傳統的斷裂，無疑會傷害民族感情，這意味著自己不僅從地理上，更從心理上進一步遠離了世世代代一脈相傳的血緣親族。詩人又怎能割捨這種深情？詩在情深處，即是為此而發。所以我認為她筆下的「混血兒」意象，應該是具有著家族上的和精神上的雙重涵義。謝馨對「混血兒」說道，當人們「尋根／覓源」之際，並不侷限於相貌，還會

看你的憂鬱是屬於地中海的藍
你的憤怒
黃河的黃

聽你的笑聲是屬於爽朗的西方
你的沉思
深邃的
東方

在這裡，文化的中西交叉轉換為人格的二重結合，非中非西又亦中亦西。兩難選擇有可能帶來歸屬感的危機和性格化的悲劇：諸如「我是誰？我從何處來？我往何處去？」這已成為一種人生中的煩惱。

唯其煩惱於飄零的人生之旅，詩人更加看重其精神上的根源，及復纏綿於一往情深的文化傳統。謝馨由此而展開了抒情主義人翁輕盈的身影。她立足於華夏民族的藝術精神，化深情為詩意，於是心神匯聚之處，便成為詩思飛動的所在。詩在情深處，詩人在生命體驗中進入自己的真正存在的境界。

在異鄉作原鄉人——淺論謝馨的菲律濱風情詩

陳曉暉

菲律濱女詩人謝馨可以說是一個「以詩代言」的人。她的創作取材廣泛，衣食住行無所不包。由於她具有深厚的語言功底，詩思敏銳，擅長在平凡細微處著機靈巧妙的筆墨，其漢語寫就的詩句往往異常的華麗奇瑰，富於辭彩。她的詩雖然包羅萬象，但其中最有特色的，是她描繪現居地菲律濱及東南亞地區特有的人文風土情狀的作品。這些詩歌不僅僅從平面角度敘寫以菲律濱為主的東南亞各地的社會、歷史和自然風貌的圖景，更多的是在探索這一地域本土化的豐富性和多元化；詩人也不只是單純的排列當地特異的種種文化符號，而且把這些文化符號通過她自身的理解、思考和情感介入組合熔鑄為一系列，在眾多片斷的觀感和觸感中形成了詩人所獨有的完整的「菲律濱印象」，甚至是「菲律濱情結」。作為一位長期生活在菲律濱的華語詩人，謝馨同時還深得中國古典文學藝術的薰陶，具有深厚的中國傳統文化背景，這從她的詩歌語言中完全可以看出；而她在詩歌中指涉的對象，有許多卻是在菲律濱文化環境中原生的人情世態，因此，我們也不妨說，謝馨的菲律濱風情詩，可以被看作某種「價值共享」的產物。在華族傳統倚重的價值尺度與菲律濱文化價值尺度之間追尋相互認同的美與善的切合點，正是謝馨在她的「菲島記情」等詩歌中取得的最大成就。

以菲律濱的地理勝地或名城風物為吟詠的對象，是謝馨的菲律濱風情詩的主要部分，如〈椰子宮〉、〈波拉蓋度假〉、〈觀霹那度勃火山熔岩雕塑〉、〈太平洋之星〉、〈菲律濱多少島嶼〉和〈王城〉等。這些詩歌用句精闢，譬喻凝練，處處可見古典詩文的痕跡。而且在壯景時亦不忘提升主題，把普通的風景與人性和文化銜接得絲絲入扣。在〈椰子宮〉中，詩人寫到：「遊客們／沿著根鬚　魚貫／而入　尋覓一代豪華／春去也的源由」「站在動用貳萬四千隻／椰子殼／鑲嵌的餐桌前／我內心渴望的／只是一杯／清涼甘美的椰子汁」，對於這一處象徵著菲律濱昔日輝煌的名勝，除了表達了一種因熙熙攘攘的遊客而產生的「舊時王謝堂前燕，飛入尋常百姓家」的吊古幽情之外，詩人的心態也宛如參禪一般，將重重繁華的迷霧撥去，發出「弱水三千，我只取一瓢飲」的感嘆。相同的主題也出現在〈王城〉中。詩內所敘的馬尼拉王城，「是帶有西班牙皇家血統的／沒落王孫／在時光的隧道裡靜止著／看嶄新的現代化都市在四周喧囂的升起／聽古老的巴石河在身邊低訴昔日的滄桑／永恆猶未在此駐足」，內裡是「斷垣殘壁」的淒清，四面是現代化工業社會步步逼近，橫貫馬尼拉的巴石河火一如滾滾長江，承載著歷史沉重的回憶，這幅畫面如此熟悉，來自漢語文化的讀者們很自然地便能體悟到「青山依舊在，幾度夕陽紅」的惆悵與豁然開朗。

在〈觀霹那度勃火山熔岩雕塑〉中，菲律濱文化中的天主教元素成為主導。詩裡出現了手握弓箭的天使、聖母像、宗教畫《最後的晚餐》的比喻和意象，使得被描繪的「熔岩雕塑」披上了一層神秘莊嚴的色彩，更突出了這一大災難遺留的悲慘景觀超越世俗意義的一面，顯示出它是對人類生存真相的最原始的象徵和闡釋：「一切正處於／創世紀的開端／他們當然更不了解——當被累積／被壓抑被禁錮的／憤怒　自私　狂妄　貪婪　愚昧／突然爆炸／一切終將歸於塵土／一如塑造他們軀殼來自的／塵土」。詩歌結尾取典於《聖經》的表述使宗教氛圍更為濃重，並使全詩成為一種有啟示錄或警世風格的現代寓言，從嗟嘆遠古時代的災變引起的死亡轉向警告人們現代社會各種弊端將會導致的危險結果，當然，這有末日精神意味的含義不適於以溫和含蓄的中國傳統的文化語言來表達，但在西方的宗教文化中是合理的。詩人在中西雙重文化的遊走間，詩體變換也可以算得上是恰到好處且遊刃有餘，與主題結合相當完美。

〈菲律濱有多少島嶼〉相比之下，沒有那麼深刻的詩意，倒是詩趣的成分佔得更多。詩人在詩後記中提到，是環球小姐選美時，菲律濱小姐對「菲律濱有多少島嶼」這一個智力測驗題的回答激發了她的詩歌靈感。菲律濱的島嶼大小不一，許多小島在漲潮時就沒入水中，退潮時方得以示／在靈感汪洋中沉潛／潮漲或潮落，其實／石總是在那裡等待著／詩　永遠在那裡存在著。」以島嶼來譬喻詩歌，以海洋來譬喻腦中的詩情，不但是極貼合菲律濱的島國特色妙喻，更是隱藏了一份對菲律濱濃濃的親切愛土之情。

除此之外，謝馨還寫作了另一種描寫本土地緣主題的詩歌，其對象是當地華人的生活場所，如〈王彬街〉和〈華僑義山〉，在這一類詩歌中，詩人流露出了一股的懷鄉情緒。〈王彬街〉中寫道：「王彬街在中國城／我每次想中國／就去王彬街／去王彬街買一帖祖傳／標本兼治的中藥／醫治我根深蒂固的懷鄉病／去王彬街購一盒廣告／清新降火的檸蒙露／消除我國仇家恨的憤怒……去王彬街讀雜亂的中國字招牌／去王彬街看陌生的中國人臉孔／去王彬街聽靡靡的中國流行歌／去王彬街踏骯髒的中國式街道／我每次想中國／就去王彬街／王彬街在中國城／中國城不在中國／中國城不是中國」，華人的鄉愁在這首詩中毫不加掩飾的流露，實際上也是詩人營造的菲律濱印象主題不可或缺的一環，在觀看中國城中的王彬街時，詩人有意地強調了中國城景觀與菲律濱社會某種刻意的疏離，詩人來到王彬街頭，是帶著要溫習故國的目的，但她眼中的王彬街的種種中國情調都帶有表演的性質，是在表演中國情調都帶有表演的性質，是在表演華人本民族的典型形象，比如雜亂的招牌、（有著）中國人（特徵）的臉，中國的嘈雜音樂、骯髒的街道，這些都是西方人，也包括深受西方影響的菲律濱社會對中國人群體的看法。正是這在多元文化環境中逐漸變得臉譜化的中國城，使詩人意識到中國城不等於中國，它只是中國在異域的一個變形的縮影。

〈華僑義山〉中的華僑的墓地則是詩人心目中真正證明著海外中國人存在的憑據。華僑義山的崇高地位代表中國人的子嗣借助隆重的葬儀將血統之鏈世代延續。這個地方與本土社會同樣保持著距離，因為它是歸國無望的移民最後尋求平靜和安寧的庇護所。它需要獨立和偏遠，以盡可能地保持自己歸宿地的純潔。詩中寫道：「在海外，再沒有比這塊土地更能接近中國／在異域，再沒有比這座墓園更能象徵天堂／在這裡，華裔子孫得以保留他們血緣的根／在今日，炎黃世胄得以維系他們親族的情」，詩人以華族一員的身份，充分地領會著這座墓園被賦予的強烈的鄉土及民族的精神，盡管從表面上看，墓園指示著生命的虛空──「這是一座城／──但是在中國傳統的文化體系中，墓園卻有著人世間同等豐富的內涵，它象徵著那些飄洋過海的中國人在一生辛勞之後，獲得後代供奉的榮譽和敬仰，「如今終於造就一座／自己的山」，同時，墓園綿綿不絕的香煙供餐，更是象徵著後世繁衍在異國的炎黃子孫對先祖傳統的承襲。

寫景抒情詩仍然是表示著外緣情緒和旁觀者或族行者視角，即使觸及了文化層面，也還是不能深入中心。但在另一些詩歌中，謝馨已經可以使自己進到菲律濱社會文化主流的立場進行體驗，甚至模糊自己的異族身份，參與本土文化群落的大思考。在對菲律濱的歷史進程的認識中，她了解到了一些女性形象，她對她們產生了超越種族的共鳴，在她自己略顯保守的傳統華人女性意識面前，這些女性形象是菲律濱本民族性的，但也具有與中國閨閣風度（溫婉、和順、娟秀和哀怨）不無共通之處的特質，她們也是追求普遍的女性理想的一群，這使得詩人內心充滿了關懷的衝動。在她看來，菲律濱女性史是一個相對獨立的文化現象，有自己的傳統、發展歷程和價值。她在詩中展現了這些土生女性形象被菲律濱文化歷史的大格局所掩蓋的更多彩的一面。這是她的菲律濱風情詩另一個主要部分。

〈瑪莉亞・克拉內〉一詩中的女主角是菲律濱的小說人物，詩人稱其為「菲律濱上流社會柔順、保守婦女的典型」。這首詩不但刻畫了作者想像中的「瑪莉亞・克拉芮」的外表——那是明顯受到西班牙殖民文化浸染的菲律濱土生貴婦的形象，富有懷舊意味——而且指出了這個形象在菲律濱社轉型的時代，成為古老傳統與革新潮流相互抗衡的標靶。詩中寫道：「在時代潮流的回旋和／民族意識的激蕩裡／瑪莉亞・克拉芮／你是沒有選擇餘地的／必然造就更大的／爭論更多的／疑問，但一個形象／一旦塑成便像／一棵樹已然生根／一顆星已被指認／瑪莉亞克拉芮也許／你會垂下及腰的長髮／在鬢邊插一朵／大紅花也許／你會赤足裸身奔跑於沙攤／把浮白的皮膚晒得赤黑／也許你會換上迷你裙、牛仔褲／擠在遊行的隊伍裡／高呼女權運動的口號……／但我依然瑪莉亞・克拉芮／啊，瑪莉亞・克拉芮／我依然看見你從容嫻淑地／站在桃花心木的長鏡前／整妝——……手中一把西班牙摺扇／胸前一串洛可可項鏈／上教堂望彌撒／光潤的雲髻／簪一方蕾絲的頭紗。」通常認為，瑪莉亞・克拉芮形象上的美是遙遠的殖民時代價值體系所規定的，盡管價值體系的變遷極大地改變了人們對女性之美的看法，但是，通過與現代菲律濱女性狀況的對比，詩人表達出一種看法，即女性之美帶有某種恆常性，美的元素能夠穿梭時空而被不同的觀念持有者共享。詩人發現瑪莉亞・克拉芮這個殖民烙印深刻的引發異議的人物，實際上是一個闡釋文化寬容的極好範例，她的優美典雅，可以被認為是殖民歷史的象徵，但也可以被視作一種已經消失的時尚，完全無害的帶有塵土氣息的美的標本，此間起決定作用的是審視者的態度。

對真實的歷史人物，謝馨有她獨到的思考。當她把這些思考與綺麗澎湃的詩情、凝重的史實合起來的時候，使人感到她似乎正在創造感性而又厚重的菲律濱的女性史詩的一部分。〈席朗女將軍〉和〈蘇瑞佬佬〉這兩首詩都是以菲律濱歷史反抗西班牙殖民者的著名女英雄的戰鬥生涯為題材，用自述形式鋪陳她們的光輝一生。然而，兩首詩分別對準了兩個女性的靈魂的不同側面。〈席朗女將軍〉強調的是席朗女將軍對被暗殺的愛人杰哥的思念、對安定的人世生活的渴望，用悲涼的色調來描繪她顛沛流離的戰爭經歷，用意是了解這個女戰士身上可能被過分附會的女權的剛性色彩，從中凸顯詩人自己所崇尚的「美與愛」。席朗女將軍與丈夫並肩作戰以及她失去丈夫之後獨自領導軍隊直至死在敵人的絞架上的整個經過，刀光劍影，血雨腥風不斷，但詩人講述它時，指認的並不是憑借這個女英雄形象被人們廣泛認知的戰爭的暴力之美，而是席朗女將軍以暴力的方式最終追求的東西，如詩中所敘：「親愛的傑哥，遊客們／又在我雕像的四周佇立／仰望，他們讚賞我／飛揚的長髮／激昂的表情／握刀的氣概／躍馬的風姿／『是一座優雅的雕像啊！』『是一位美麗的女英雄啊！』／這樣就夠了，親愛的傑哥／讓他們忘卻戰爭／忘卻暴虐和殺戮／讓他們快樂，就像我們早期／在維干／並肩馳騁的歲月……」。「美與愛」成了詩人心目中席朗女將軍這個形象包含的最核心的意義，而且，值得深思的是，這裡的美是指女性的形態之美，愛則是指女性對至親的眷戀深情，無疑的，詩人將席朗女將軍還原為一個普通的女性，弱化了她身上的軍身功績、戰場廝殺、權力、抗爭和犧牲等等略顯殘酷的因素，是為了更強烈地表明「美與愛」作為普遍人性積極面的巨大力量和對人類的深遠影響。

〈蘇瑞佬佬〉和〈席朗女將軍〉一樣，也是在歌頌一位女英雄，她以八十四歲高齡，對抗西班牙殖民者，在流浪和貧困中度過晚年。但與〈席朗女將軍〉的柔美哀婉有所差異的是，這首敘事詩的基調非常高昂，在敘述蘇瑞佬佬的抗敵事時，詩人的尊敬欽佩之情溢於言表，使得詩歌頗有些壯懷激烈的味道。對於蘇瑞佬佬的愛國精神，詩人表示了極大的肯定，並且認為這是對個人和自我的超越。她以蘇瑞佬佬的口吻堅毅地說道：「……我告訴你／這些，不是向你訴苦／『我從不後悔，如果我有／九條命，也心甘情願奉獻給／我至愛的國家』這是放逐令頒佈後／我對西班牙將領布蘭珂說的話／我告訴你這些是要你知道／如果有一種事件／發生令你突然意識到生命的／意義與活力突然感受到／光與熱與愛，令你相信／這是你必須做，應該做／想要做的事——譬如說，忠貞的革命鬥士們來到／我的小店，我替他們敷點藥／包紮一下傷口我給他們／一些食物和安慰，我為他們祈禱／……我告訴你們這些，也不是對你／炫耀，而是要你知道／在生命中，如果有那麼一個／時刻，你突然面對／發揮人性尊嚴與勇氣的機會／你突然發現一種狂濤／閃電的力量，一種邁向自我／靈魂的完整與理想，你千萬／千萬不要猶豫，不要退縮，不要／畏懼，不論／你是八十四歲或是九十一歲的／高齡／高齡不是藉口」。蘇瑞佬佬在詩人的內心激起的不僅僅是詩的熱情，這個女性的行為在詩人的價值觀中顯然達到了道德的頂點。她的高揚的民族情操和奮力完善自我的個人追求都是詩人所能認同的最高理想，也是詩人的華族傳統所能認同的最高精神目標。

對於菲律濱社會的本土文化，除了在歷史方面的理解和詮釋以外，著力於其現實情態的觀察和刻畫也是謝馨的一個努力的方向。在這方向上，有鄉土的感傷和喜愛，有現代化的焦慮和茫然，有世俗生活的情調和意趣，詩人彷彿是馬尼拉海灣裡的一滴水珠，自然且和諧地悠游在這個亞熱帶的美麗國家，毫無異鄉為異客的淒清，憂其憂，亦樂其樂，緊緊地與此地人文風土融為一體。〈搬家〉、〈阿狄・阿狄罕〉、〈馬尼拉・一九八四〉等詩歌都是攝取於這一個角度，體現著詩人對菲島風情的現實面的有力把握。

〈搬家〉、〈阿狄・阿狄罕〉寫的是菲律濱民族風俗。前一首詩以菲律濱鄉村搬家習俗為題，用輕鬆歡快的語言，出了一幅有趣的，真正意義上的「搬家」圖樣菲人邀請親朋好友將舊屋合力抬起，移至新址）：而〈阿狄・阿狄罕〉則是詳盡地講述一個名士人節慶活動的過程。在這個節慶活動中，菲律濱的多元文化的形成線索完全呈露，從原始部落的捕獵活動到傳教士帶來的基督信仰，而在詩中，多元文化的最終融合意味著各種族和各文化群落和平共處，共享歡樂，節慶象徵著社會的理想狀態。

〈馬尼拉・一九八四〉寫出詩人感受到這個城市的混亂，這種混亂並非全然是外顯的無序，而更多的是一種因為面對各種景象的疊合而出現的不知所措。一邊是經濟危機山雨欲來，一邊是政治示威此起彼伏，而另一邊，卻是歌舞升平的觀光遊覽。詩人用詩歌的語言進行新聞和時事的報道，在詩的想像空間和新聞的絕對真實中尋找平衡，簡潔、清晰地傳達出了一九八四年底馬尼拉城中緊迫的局勢，而透過這個局勢，詩人對整個菲律濱社會未來的走向的關注和憂慮也浮現出來了。

其他的詩，如〈HALO HALO〉中用混合著蜜餞、果凍、牛奶、布丁等食物的冰激淩比菲國的混血民眾，樂觀地指出這樣的混血兒使得菲律濱「又像是／一個熱鬧的大家庭／HOME SWEET HOME／充滿了笑聲，歡樂／與愛」，〈手抓飯〉則把進食菲律濱的手抓飯喻為「一位赤手空拳的江湖俠隱」，這些妙喻不但形象，而且使讀者頗能體味到詩人在菲律濱的日常生活的意興盎然。

謝馨的菲律濱風情詩特色就在於它貼近了菲律濱的本土文化。詩人了解菲律濱的歷史和現狀，並且用心與菲律濱社會的發展脈搏統一速率。在她的詩中，關於歷史的部分，往往大量鋪敘，失之簡約，涉及到時事和現實的部分，詩句也許不是那麼空靈，但是，她所採擷的，都是她的感知富有詩意的片斷和點滴，例如菲律濱的美景和古跡，帶來的是對海島自然的熱愛和對古老王國文明的追憶，馬尼拉城市的現代化腳步，又是新鮮的、躍動的，她始終用追尋美和善的眼光注視著菲律濱，因而發現了菲律濱文化中的閃光點，包括菲律濱人民的偉大靈魂，菲律濱多元的文化結構及隨之生成的有利於文化融合的種種優勢，對於一人受到過正統中國傳統教育的華族詩人來說，能用這樣的眼光來打量他族的文化，並為之寫下真誠的詩歌，是很難得的，本身就是良性的文化精神的體現。至於在形式上，謝馨的這些菲律濱風情詩還有著進一步錘煉的空間。能夠像她的其他題材的詩歌一樣，結構更嚴謹，語言更精美，詩意更純粹，是我們仍寄望於詩人的地方。

火的命運與指向——讀千島詩群並探其詩型的可能性

余禺

沿著這條詩路，我繼續掃描詩人們在千島之國行走的足跡，在那深入海洋的地方，生長著大面積的椰林、高高的檳榔和成片的芒果、香蕉；那裡屬熱帶海洋性氣候，憑空也能擰下雨水和汗水；而橡膠樹總給人非植物的感覺。我尋思，在那個滙合了馬來文化、西班牙、美國、印尼等外來文化，與中華文化背景、風俗民情、禮法制完全同的異邦，一代代華人要在那裡繁衍生息，子孫並成為它的公民，對其社會必有所融入，對他民族必有所關注吧？至少，以詩人的心胸，必對自己身處的周遭投去善意和關愛的目光，並尋求自己的縱橫坐標，試圖在幾種不同的文明中找到平衡點。「埋骨何須桑梓地，人間到處有青山」，詩的夢想或許當在足下展開。

由上我注意到幾種題材的攝入：菲律濱現實社會的、菲律濱千島自然景物的、土著的和西方人文景觀的。這類題材能增強詩的現場感，產生「當下即是」的美學效果。可惜我的視野尚過於狹窄。而在此處，詩人謝馨的某些詩牽動了我的視線。她的〈阿狄・阿狄罕〉描寫菲律濱芭乃島卡里卜城土著糅合歷史、宗教及文化的傳統節慶，雖有散文化之嫌，但詩以斷行跳躍的節奏，表現狂歡的氣氛，並以豐富的文化容涵推演詩意。詩題阿狄・阿狄罕，意為「裝扮成一個土人」；詩末唱道：「……你知道／這是一個永遠不會／有戰事發生的地方　只要／只要有／阿狄・阿狄罕」。阿狄・阿狄罕——裝扮成一個土人，這對於來自不同民族、文化和歷史的人們來說是意味深長的。

不是土人或其他人而「裝扮」之，這並不可恥，而是表現為和平的愿望，是詩意夢想的體現。謝馨另有題為〈HALO HALO〉的詩。或許語言太過明確、概念，但臺灣詩人張香華評道：「謝馨用菲律濱馬來人常飲用的一種甜食冷飲，象喻多種文化混合的異彩，而詩題是冷飲的名稱，〈HALO HALO〉也就是菲語，「混合」之意，真是詩人的靈心妙喻，再貼切不過。只有對自己文化的肯定，和對別人文化尊重的心胸，才能達到這種「混血兒」，他們說：都是美麗的境界。誠哉斯言。即使如別人詩人所感嘆的：「南音商羽／竟彈出生疏的調兒／誰再也辨不出／它是琵琶還是吉他了」（浩青〈琵琶〉），那琵琶和吉他構成的文化的兩極，也不單是相斥的關係，而含有包容的張力，應是其題中之意。

這種雖想像、投射、變形，卻仍屬「不落言詮」、「語不涉己」、「指事造形」的詩寫，可以產生多義指涉的美學效果。而若以暗示、聯想、襯托、對比、留白等方式加以「演出」，則因其嚴密的內部肌理，便也成就了一首詩的單純的圓滿。謝馨的〈歌羅麗亞・瑪麗〉就是一首十分冷靜、客觀，很好地運用了場面敘述與暗示的「現代詩」：

> 不是一個婦人／歌羅麗亞・瑪麗是一種貝殼／的名字　因此如果你／連想到潮連想到／浪也是與春天／與柳樹無關的。
> 其實這是一家豪華的海鮮餐廳／以富於荷爾蒙的蚝蟹知著／絡繹前來者　當是為了飲食／至於男女　靠角落的那一桌／正望著窗外延伸的防波堤／輕聲談論月圓月缺／對水位升降的影響。

這個場面聚集於一對男女。「月圓月缺」關聯了蘇東坡詞「……月有陰晴圓缺／此事古難全……」暗示桌前的是一對情侶，且為現代人，因他們頗有科學知識：關於月的運行與潮汐的關係。第一節稱貝殼有著鮮為人知的美臺，可見其高貴，符合時下人們的物質品味；果然第二節即點出「這是一家豪華的海鮮餐廳」，此間備有的蚝蟹是「富於荷爾蒙的」。荷爾蒙是一種性激素，而詩中「飲食」緊挨「男女」，暗藏「飲食男女」之意。貝殼讓人聯想到飲食，飲食又讓人聯想到性。自古以來食與性確常並提：「潮」與「浪」不僅是貝殼產地的聯想，也暗指性事。在講科學與物欲的時下，或許著力於空間構築的放射形詩藝還嫌偏於融聚、冷凝，缺少詩情之起伏流動。那麼謝馨的〈石榴〉則是一首即具空間性雕塑，又有時間性展開的好詩，是在詩意與詩藝上都富於夢想的詩。石榴基本呈圓形，照巴什拉所說，「鮮果的美越呈圓形，就越有陰性的威力」，而陰柔則代表了夢想。詩人並非從外部對這一果實進行鏤刻，似乎是以一神奇之手從內向外塑形。又似乎詩人被語言所調動：開篇從石榴的「味覺」、「紋路」帶出「泛黃的照片」、「成篇的文化」「一聲嘆息的曲子」，然而全詩並不停留於「味覺」和「紋路」；關於石榴意即關於被和該被追憶的全部「滋味」，其中包括「三十年」久違的「飛花的小城」、「沙漠」、「駱駝」、「蜃樓」與「季節的輪回」等。隨後在對石榴的新經驗中，以切開的石榴內部「那精巧獨特的間隔」，「自然和諧的結構」反照「國防軍備的大本營」、「武器碰觸褻瀆」、「鮮血」等戰爭意象，再由戰爭與和平的纏繞追溯遠古，那「黃金的月亮」，石榴之果引出的鴨梨和「孔融式謙讓」、「回文詩」、「頭戴冠冕的形象」，「火山」「煙花」、「星斗」、「神話」、「紅寶石」、「紅孩兒」等等，以自由聯想的方式，如宣敘般的推進，伴隨對石榴之追溯的時間內涵，自暝暗中逐漸敞開。空間上，詩即引出安德列·紀德《地糧》有關「石榴圓舞曲」的句子：「奈代奈爾，關於石榴呢？」而通篇在吟詠石榴中不斷以「我」呼應「奈代奈爾」；結尾歌道「奈代奈爾　你體會到／石榴／的滋味了嗎我要你與我／一同分享。」這使得關於石榴之審美的與詩意的空間擴向了他民族。如此石榴帶出的是那許多當含珍貴元素的文化鄉愁和通達全人類的精神礦藏。關於果實的詩遂成就了詩的果實，呈現出渾圓的張力和飄逸的韻律。由此觀之，該詩獲得臺灣《創世紀》四十年詩創作優選作品獎，就不是偶然的了。

晉江籍菲華作家及其貢獻

鄭楚

謝馨（一九三八——）菲律濱華人女詩人。原籍上海。臺北國立藝專畢業，空姐出身，為菲華文藝協會理事。著有新詩集《波斯貓》、《說給花聽》和翻譯小說《變——麗芙・烏嫚自傳》等。謝馨的詩以豐盈的內容取勝，題材多樣廣闊，萬事萬物皆入詩，並皆達到象心靈化，心靈物象化。她的詩是從心靈中自然流淌出來的，是現代化的「散文」，語言平易清新，易讀易懂，又蓄含深意，她的詩擅長以小見大，以淺入深，聯想豐富，趣中見情。她善用凝練的語言，將一些普遍的感覺完全詩化了。多少尋常的事物，在她筆下化成詩的幻象。詩人的視角所到之處，都會綻放出美麗神奇的詩之花，信手拈來，都變得意趣盎然，如〈一滴水〉、〈欄杆〉等詩，都是借客觀的物體以抒發自我的情懷。謝馨的詩十分節制、含蓄，欲說還休；即使十分強烈的感情，她都避免直接的抒懷，而借用第三者作為中介來表現，例如「尋根」的情緒，「流浪」的感受，是普遍地存在於海外中國人心靈之中的。謝馨的風格與眾不同，選取的是十分平常的景觀，用的也是十分客觀的口吻，如〈華僑子弟〉、〈華僑義山〉等，蘊含於其中的那份深深的落寞悲哀，讀者還是能夠透過字裡行間，細細體味出來。〈波斯貓〉中的許多詩很明顯地受了立體主義的影響，講究詩行詩節的排列，但由於與詩歌內容的吻合，使我們感到並非外加而覺得應當如此，因為它與表現的情緒水乳交融了，如〈一柱擎天〉的詩行，排列雄壯肅穆，讓人聯想到「一柱擎天」的氣派。謝馨的《說給花聽》是一本中英文對照本，由施約翰把每首詩譯成英文詩，別開生面，流傳更廣，有利於國際交流，擴大了華文詩的影響。臺灣著名詩人羅門為了寫一篇洋洋近萬言的長序，給予詳盡的剖析。羅門的序題〈以情、愛、感、知、靈、悟制作生命場景的女詩人謝馨〉，給予很高的評價。讀謝馨這本詩集，不難看出詩人具有敏銳的洞察力、深透的思辨力和豐富的想像力。她有廣闊的胸襟，能包容大千世界的萬事萬物，融匯古今中外，在題材上舉重若輕，駕馭自如。謝馨的詩在語言上也很有特色，乍看平白、暢達，悉心品味，又能領略到平中顯奇的象徵意蘊和活潑的動態，由於注意錘煉語言，使讀者覺得很有嚼頭，猶如吃橄欖一樣回味無窮。

冥心在象內——論謝馨詩歌的意象世界

王芳

菲華詩歌歷經幾十年的風風雨雨，到了八十年代「柳暗花明」，迎來了新的轉機，詩歌從創作技藝，表現手法到語言結構等方面，都有了重大突破，取得了令人可喜的成就。其中，追求意象的可感性與質感顯得尤為突出。這一時期的菲華詩歌，注重詩質的提純與鍛造，在意象的表達和經營上融古典於現代，人人增強了詩歌表現力與感染力。在這一方面，女詩人謝馨的姿態相當活躍。她在詩集《波斯貓》和《說給花聽》中，捕捉生活中最平凡普通的事物為物象，展開聯想之翼，從自我的特殊感受出發，用女性特有的溫情與細膩筆觸，表達了自己對歷史文化、社會人生、家國宇宙的思考。她將一顆機敏而空靈的冥心融入了自己所精心構建的意象世界裡，為我們開闢了無限廣闊的空間。

意象派詩人龐德說：「意象不是一個思想。它的光芒四射的中心或光束；它是……一個漩渦，從它之中，通過它，進入它，種種思想源源不斷地奔突噴湧。」確實，謝馨在營造她的意象世界時，常常就某一中心意象進行聯想，用一系列貌似無關的意象對其進行多角度、深層次的闡發，使得那個中心意象成為一種激發讀者情感的力量單獨存在，就像是一束炫目的「光束」（或者說是一個漩渦）。在謝馨看來，純熟地運用意象不一定是描述現實，也許僅僅只是偏造一個富有魔力的咒語，它會誘使讀者自己去發現詩人已經歷了什麼和企圖表達什麼。我們不妨來看一下〈床〉的第一節：

什麼是你
知道，而我不知道
在
水
平
線
下
當時吸呼均勻
起如波浪——千噚的

海底，有彩色
斑斕的魚群，悄悄穿越
美麗的珊瑚叢林。一艘
古老的沉船，擁抱著
無數的寶藏，和一個神秘的
傳說，等待著
水草搖曳
生姿，有異光
閃耀自黑暗的漩渦
深處……而海面波平
如鏡
如我安適的睡眠

這裡，「彩色斑斕的世界」、「美麗的珊瑚叢林」、「無數的寶藏」、「古老的沉船」、「神秘的傳說」、「搖曳的水草」、「異光閃耀的黑暗漩渦」等一系列瑰麗的意象形成了一個色彩斑斕的夢幻世界——在「水平線下」，即在潛意識之中，而潛意識的活躍狀態總是和夢境相連。「床」

是睡眠所需的工具，這一功用使得它與夢獲得了並置與互相闡釋理由。詩人的構思過程是這樣的：床——睡眠——夢：魚群、珊瑚、寶藏、沉船、傳說、水草、漩渦——睡眠——床，床是起點也是終點，是這一系列意象的目的。詩人用神秘迷人的意象系列展示了一個夢境中潛意識的流動過程，在這一展示過程中，床作為器具存在的實質與意義得到了詩性的體現，純客觀的「床」得到了純主觀的闡釋，概念的、物質的東西獲得了感覺的、精神的闡發。讀者只有緊緊抓住「床」一中心意象才能解讀這一「富有魔力的咒語」，發現詩人經歷了什麼和想要表達什麼。

再如〈感覺〉一詩，詩人為了「逐一說出那些感覺的名稱」，動用了味覺意象：「櫻桃的滋味」、「草莓的滋味」、「葡萄的滋味」；視覺意象：色調是「紅中／帶藍／而不是紫」的「寫實派的畫」以及「明確的汽車零件」、「精確的數學」、「不摻一絲雜質的純金」等靜態意象，充分調動人的感情與理性思維，使得一種根本不屬於心理的難以表達的「抽象」成為一個迷人的「具體」。味覺與視覺的意象都是可感而難以言傳的，而「汽車零件」、「數學」、與「純金」則是精確的，這兩類意象準確地概括了「感覺」這一中心意象的確定性與不確定性，從而使這一意象生動地「立」起來。謝馨詩歌的意象世界裡，許多中心意象都是這樣，它們既是主觀的又是客觀的，既是感覺的，又是概念的，既是抽象的又是具體的，它們就如同一個個「漩渦」，把讀者卷入一個奇妙的體驗過程，在這個過程中，讀者發現，日常生活中的一系列矛盾——主觀與客觀、感覺與概念、物質與精神——都被詩人奇跡般地解決了。

文學作品有現實、理想、象徵等不同類型，現實型文學側重以寫實的方式再現客觀現實，理想型文學側重以直接抒情的方式表現主觀理想，而象徵型文學則側重以暗示的方式寄寓審美意蘊。象徵型文學不是個別詞句、段落部分具有象徵性，而是整個作品的意象體系具有寓意性的象徵意義，它在整個作品塑造一個統一的象徵意象體系，它的暗示、象徵，不像個別詞句、意象的象徵那樣有明確的（往往是單一的）寓意，而具有多義的、朦朧的、深邃的含義。在象徵型文學中，文學意象的作用主要在於啟示人們透過意象表層去體味領悟更深遠的意蘊。象徵型文學「不直接說出事物表面而是暗示事物，或主要起激發某種情緒的作用。觀念固然重要，但必須依賴各種象徵，曲折地、別具一格地表現出來，並通過直覺與情感進一步加以理解。」要使作品獲得這樣一種整體上的象徵意蘊，作家必須具略一種高度地把握生活的能力，在創作詩淡化具體的三維時空，使形象系列擺脫具體環境的限制，而獲得一種廣泛的象徵性。

謝馨對現實生活非常關注，然而她靈慧的詩心和敏銳的洞察力卻又使她超越了現實。她在塑造詩歌意象時，往往不拘於物象細節的真實，而以主觀變形的方法對客觀形象進行加工處理，使其超越自身的具體、個別的現實屬性，超越自身的內涵，作為變形化、擬人化的意象。借助這種加工後的意象，謝馨放大和突出了潛隱於生活中的某些因素，給讀者以強烈刺激並調其相應的思索欲望，現實生活中種種深奧的哲理，從意象體系中昇華出來，超越意象自身，具有了豐富的象徵意蘊，比如她筆下的〈藍眼膏〉：

塗上藍眼膏的時候
你不會見到我
哭泣……

我已懂得憂鬱，比爵士樂底
藍調更低沉的韻律
比畢加索藍色時期更陰暗的畫面
甚至
比藍田
更淒迷的詩句。我已懂得由濃而淡，而淡而濃的
藍色天空底無語的悲哀
由深而淺，由淺
而深的藍色底海洋的無盡的孩寂
我已懂得，真的，我已全然
懂得屬於藍色的
憤怒、感傷

與幻滅。可是你不會
見到我
哭泣……
當我塗上藍眼膏的時候

在這首詩中，謝馨抓住藍眼膏的色調進行生發，選取了一系列與「藍」有關的意象，進行精心排列，使這些意象的情感品質——低沉、陰暗、淒迷、悲哀、孤寂——由淺入深地形成一個程度上的遞增，並在這個積聚過程中把「藍色」的情感品質最終推至憤怒、感傷與幻滅，和開頭結尾的「塗上藍眼膏的時候／你不會看見我／哭泣……」形成一個強烈的衝突和對比，給人以強烈的刺激，使人不禁思考這樣一個問題：為什麼在「全然懂得了屬於藍色的憤怒、感傷與幻滅」後，塗上「藍眼膏」後卻是「你不會見到我哭泣」呢？實際上，整首詩的意象系列形成了一個象徵，它暗示著現代社會人類的生存困境；由於越來越發達的物質世界對人類精神的擠壓，以及人與人之間的冷漠甚至是爾虞我詐的關係，人類正承受著深沉的精神苦卻不敢表露，不得不戴著面具生活。「藍眼膏」正是人類的自我保護「面具」的象徵。而在〈蚊〉一詩中，詩人對蚊的特徵進入誇大、加強處理：「……我們／卻有著天使般／透明的翅翼，血肉的／身軀，游絲書法／瘦金體苗條的形象／書生的形象／適於作掌上舞／的形象。而且／我們底語言，具備宗教／誦經的節奏，鄉音／吟詩的韻律。喃喃的／咒語，能使整個城市／突然陷入突襲的慌亂／……在陽光／照射不到的地方／自由地飛翅……／快樂地歌唱……」使其成為一個擬人化的假定性意象，遠遠超出其作為純粹自然物的現實屬性與內涵，作那些披著美麗的外衣，在暗中進行罪惡勾當的人的象徵。在〈旋轉門〉、〈薄紗窗帘〉等詩歌中，謝馨同樣表現出了對具體物象的確把握與抽象能力，細節的真實被忽略了，加式變形成為處理意象的有效方法，而這使得詩歌的意象必然地指向了一種整體象徵。

謝馨不是一個奉西方現代主義圭臬的詩人，但她的詩卻無疑吸收了一些西方現代派的詩歌的表現手法。由於受其他現代藝術如繪畫，音樂特別是電影藝術表現手法的影響，西方現代派詩人常常采用特寫、疊印、鏡頭組接待手法來處理詩歌意象。這一點在謝馨筆下也有很好的表現，我們來看〈超級市場〉一詩的最後兩節：

對著沙丁魚罐頭的標價想起潮水的上漲。
曾淹沒了多少城池，沖斷了多少橋樑。
在番茄醬的瓶蓋上回憶
故鄉菜園的芬芳
城隍廟前赴集的熱鬧，有一年
坐著牛車，顛簸了五里路

去賣一件花衣賞
冰凍柜前站著一個小男孩
他正面對三十二種不同滋味的冰淇老者
正聚精會神查看
他的需求和欲望

特寫鏡頭是電影中視距最近的鏡頭，它可以造成清晰而強烈的視覺形象，收到突出和強調的效果。疊印鏡頭是指把兩個或兩個以上不同內容的畫面，疊合成一個畫面拍攝的鏡頭，它常用來表現人物的想像、幻想、回憶以及處於昏迷、夢幻等特殊情況下的思想狀態。在這首詩中，詩人從熙熙攘攘的超市人群中選取了三個人物，用特寫鏡頭進行定格：家庭主婦選購日用品、孩子賣冰淇淋、老者付款。在家庭主婦選購的特寫鏡中還疊印了一組回憶鏡頭；故鄉菜園、城隍集市、坐牛車的姑娘。由於重疊，各個內容之間的原本就已經存在的對列關係顯得非常強烈（一邊是物對人的擠壓與人類物欲的無限膨脹，一邊是鄉村生活的寧靜、純樸、生機盎然，極大地激發了讀者的思索和聯想，增加了詩歌意象的內涵。

再來看下面一個例子：

選一張臨窗的桌子坐上
開始慢慢啜飲
餐前酒　一只小舟
也開始慢慢
划出　自岸邊

第一道主菜後　抬頭望見
小舟　正向
遠處天際
水涯划去……我繼續
第二道菜

侍者端上甜品時
小舟已成為模糊的
一個黑點　但
天際水涯卻依然是

遙不及的

——〈望遠〉第二、三、四節

在此，詩歌把同一時間發生的兩件事情：進餐、小舟遠去交錯地敘述出來，這是一種典型的平行蒙太奇手法。平常的進餐過程（無聊的現實）與不遠去的小舟（不懈追求的理想）對照使詩歌不但在時間上具有流動性，而且由於小舟的不斷遠去，獲得了空間上的拓展性。由於平行蒙太奇手法的應用，全詩簡潔明快，兩個鏡頭的不斷切換，使兩個意象形成鮮明的對照，詩歌的容量被大大擴展了，具有濃郁的象徵意蘊。

謝馨有一顆在中國傳統文化薰陶下的澄明的心，同時又有一顆在現代文明影響下的敏銳詩心。臺灣著名詩人羅門曾評論謝馨的詩歌具有獨特之美乃是得益於她「內在的生命、思想與情感結構，對詩確具有靈敏與敏銳的感應力，以及那股真摯狂熱的激情。」的確，由於融入了對宇宙人生的強烈關注，謝馨的詩歌總是具有很強的可感性與感染力。然而，她的詩在整體上卻是讓人平靜的。從她選擇入詩的一系列事物：床、桌、椅、枕、窗帘、柱子、鴨仔胎……我們可以看出，詩人的一顆冥心緊緊地貼在現實生活。腳踏在堅實的土地上，詩人的思想深遠卻不浮躁，而這種以東方特有的空靈之心為基石營構的詩篇，通過繁復而瑰麗的意象，給我們展現了又何止是一個色彩斑斕、典雅瑰麗、新奇精巧的藝術世界！

謝馨的詩歌：自然、清靈

周朔

謝馨，菲律濱著名華文女詩人。她生活體驗深廣，感知獨特，激情宏富，隨物賦形，率興而發，在詩歌中建構了一個自然從容、清麗空靈的藝術世界。謝馨的詩藝術風格主要表現在自然從容、清麗空靈。自然體現於描敘的從容與用語的樸素凝練；清靈表現於抒寫的對象、反諷與詩性思維上。

任何事物的形與神，都有它的本色與特點，詩人藝術家的任務就是如何恰切生動地把這些本身與特點反應出來。李白詩云：清水出芙蓉，天然去雕飾，其意即謂自然。在謝馨的詩歌中，自然首先體現於描敘的從容。所謂從容，即按照事物的特徵，隨物賦形，如行云流水，該行則行，當止則止，無驚人之筆，不刻意求工，娓娓說來，自然成趣，如逢花開，如瞻歲新。如〈在渥因都貝〉的第一節：

「我們是穿越紅燈區來到這裡的／一進門，便分外感到一種綠意／與高雅的氣氛。選一張／靠玻璃長窗的雙人桌／坐下，窗外／有一個小小的庭院／窗內有燭光／有琴聲的伴奏」。

詩人採用散文的筆法，按照漸進的順序，緩慢的鋪展，給人一種從容舒緩的節奏美；窗外窗內，即景會心，三個動詞「有」素樸傳神，構造一個幽美雅致的境界。

又如〈望遠〉按照時間順序，直接描述在依山面海的餐廳眺望天際水涯的遠。詩人一面品嘗著美味佳肴，一面目送著從岸邊划出的漸漸遠行的一只小舟，「第一道主菜後／抬頭望見／小舟，正向／遠處天際／水涯划去……我繼續／第二道菜。侍者端上甜品時／小舟已成為模糊的／一個黑點，但／天際水涯卻依然是／遙不可及的。喝完咖啡，不見小舟蹤影／但更遠的／天際／水涯／卻清晰、明內的展現著／我一下子就望得見／一下子就望得見。」這裡，沒有華麗的辭藻，沒有斧鑿的痕跡，沒有矯作的多情，只是動靜相襯，構思巧妙；遠近組合，境界深遠，營造出「孤帆遠影碧空盡，惟見長江天際流」的幽遠深邃的藝術世界，真是情性所至，順理成章，妙不自尋。

自然，在謝馨的詩歌中的另一表現就是語言的樸素凝練。詩人用語樸素平淡，而又蘊涵韻外之志，表現審美主體的宜情實感。如〈職業・空中服務〉是詩人自我生活的真實寫照：「那時地球已經距離我們非常遙遠／你的心懸在太空／三萬尺不著邊際的云層／之上，我向你走來／帶著微笑／為你斟滿一杯關注，並且鄭重地／向你宣布：我們確實／朝著你要去的方向／行進。」飛機的翱翔，乘客皂焦慮，詩人的微笑，空姐的自信，通過樸素如日常語言形象地表現出來，而「為你斟滿一杯關注」更是樸素平淡中見出凝練精深，以一種陌生化的形式，突出空姐也就是詩人自己對乘客無微不至的關懷，與對自己與機組人員堅定的信心，一字千鈞，韻味無窮。又如〈旋轉門〉，詩作平白如畫，好似兩個熟識的人的閑談，絕少修飾，即使沒有一個形容詞，但由於立意新穎，比喻奇特，而寓意深刻。

清靈，含有清麗空靈的意思。如果說自然的風格，從描述的角度看，顯得從容樸素，那麼，清靈的風格則突出表現在內容與獨特的詩思上。

可能是一個女性詩人吧，詩人芳心自憐，性情溫柔，關懷萬物，慈悲為懷。正如在〈紅燒獅子頭——廚房詩作之二〉寫道：「生性慈祥溫和／愛極了小動物。」「又總是不能也不愿傷及／任何無辜的生命」。因而詩人所抒寫的對象往往是那些清麗淡雅的優美的有形事物：床、枕、窗、香水、花店、絲綿被、時裝表演等等。〈說給花聽〉就是其中的代表作品。即使是表現那些抽象的事物，如感覺、味、悟等，也總是借助於比喻、類比，運用排偶、鋪張等藝術手法，盡可能詳盡地描繪它們，延長欣賞的審美愉悅，給讀者的審美感受到飄逸清新，鏡花水月，理趣並存。

清靈的另一個表現就是反諷手法的使用。如〈電視〉第二節：「恐怖份子正　持著一架滿載乘客／七四七／啊！多麼華麗莊麗的皇室／婚禮。五國元首共同簽署／一項反核武器協議書。你突然／站了起來，伸個／懶腰到廚房去／喝杯水。」第四節：「就在你眼前，事件／一件一件的發生／連續劇永遠演不完的／球形的世界，方形的／視界……你把光著的腳丫／高高擱在幾上／一面抽煙

／一面吃爆米花。」這裡，恐怖與懶腰，莊嚴與隨便，反核與廚房，精心制作與玩世不恭，集中在一首詩中，形成巨大的反諷效果，既具有生活原生形態，又顯幽默靈趣。〈時裝表演〉的第二節，將重大的歷史事件與平凡的事物放在同一個層面上，消解歷史事件的嚴肅性，塗抹政治生活的價值性，使詩歌「遇之匪深，即之愈奇。」

不僅如此，詩人在〈旋轉門〉、〈床〉、〈悟〉等詩歌中，從素樸淡雅的事物中善於運用詩性思維，揭櫫事物的詩思，從而為詩人，也為人類尋找詩意的居所，進入一個澄明靈秀的世界。如〈悟〉詩，「緣盡／命臻／一切皆歸於／無／你已非你／我已非我／圓仍在轉，無始無終／名仍在傳，無有無無／昨兮今兮地／出現的境界／竟然是／一個／悟。」詩將抽象的理性思維溶入詩性智慧之中，進入圓融且含有玄想與禪意的詩境。在〈床〉詩中，通過超現實的潛意識與原始感，詩人把「床」的存在，竟看成有「在水平線上」、「在水平線下」的雙層意境，蘊涵著兩種不同的色彩繽紛的生命圖景，展現詩人對生命的獨特聯想與發現。

在來中望所去　在去中覓所來——菲華女詩人謝馨及其詩作

錢虹

隱藏於冰山下的潛意識展現於陸地
當視野馳騁　能否喚醒你遙遠
遙遠的記憶　如此開放式的
裸裎　將夢底虛幻與神秘
坦然地顯示於你眼前：
　以一列支離縱橫的豪邁
以一影冷峻傲然的俠骨

　　——謝馨〈大峽谷〉

讀著如此蒼邁冷峭而又雄健奇麗的詩句，如果不注明其作者性別的話，你或許不會想到，它竟出自一位菲華女詩人之手。這位女詩人名叫謝馨，生於上海，長於臺灣，如今定居於千島之國的菲律濱。去年五月，由菲華作家協會和福建省臺港澳暨海外華文文學研究會主辦的「首屆菲華文學研討會」期間，我與這位近年來菲華文壇以及海外華文文學界聲譽鵲起的菲華女詩人相識相聚於榕樹的故鄉——福州。

見識謝馨，只覺三「奇」。一奇，是她的「根」。她告訴我，她的老家是在上海浦東三林塘，屬於「滴滴呱呱正宗我伲上海本地人」（上海是一個典型的移民城市，浦東一帶屬於老上海的「本幫」）。先前我只知道她生於上海，卻萬萬沒想到如今菲華詩壇上竟活躍著一位「我伲上海浦東人」。二奇，是她的聲。謝馨長得頎長纖細，典型的江南女子那種柔情似水般的瘦弱，很自然令人聯想起《紅樓夢》中那位才情一流而又體格孱弱的林黛玉。然而，她卻有一副響亮而富有音樂感的好嗓子。研討會期間，謝馨擔任一場專題研討會的主持人，她一開始，那字正腔圓、抑揚頓挫的標準普通話，一下子便征服了全場聽眾。後來她告訴我，多年前她曾經在廣播公司做過播音員，難怪她的發音顯得如此訓練有素，磁性十足。三奇，自然是她的詩了。

比起豆蔻年華即揚名詩壇的早熟才女來，謝馨並非早慧的寧馨兒，她甚至頗有些大器晚成的況味。她一九八二年才開始嘗試寫詩，但這位繆斯女神賜予她以靈感與才情的「後起之秀」，起步不久就成為今詩歌王國矚目的天之驕女：她的詩作四度入選臺灣年度詩選；又以其詩之英譯三度獲選菲律濱每月最佳詩作。一九九一年九月，她應邀赴美參加愛荷華大學國際作家寫作班。同年，她一口氣出版了兩部詩集：《波斯貓》與《說給花聽》。去年又出版了第三部詩集《石林靜坐》。在詩歌極不景氣的今日，如此佳績，令人不能不對她刮目相看。正如臺灣著名詩人羅門所說：「謝馨是一位生活體驗深廣，具有才情以及美的意念，理念玄想深思與激情的詩人；同時由於創作題材的層面廣，觀察力的敏銳，思考力的強度，想像力的豐富多變性；加上她能以開放與熱情的心胸，面對世界，包容一切，使古、今、中、外、大自然與都市的時空領域，以及男女情感陰、柔、陽、剛之兩極化，打破界線，溶入她自由創作的心境，形成她隨心所欲、隨興而發、隨意而為、無所不能的詩風。在詩中，她既能流露柔情蜜意，又能展露豪情逸意；既能發揮強烈的感性，又能表現冷靜的知性與心智，溶合，古典與浪漫，精神於一爐，使詩情詩思能向外向內發射出繁復與多姿多彩的光能。」出自詩壇資深內行的羅門先生的這番話，對謝馨其人其詩的評價真是既鞭辟入里而又恰如其分。

作為海外華文文學的基本題材和重要主題之一，鄉愁、鄉戀、鄉思、鄉情的描摹與抒發，似乎已成為海外華文作家無法回避、揮之不去的一種情結，甚至可以說，成了縈繞不絕、綿綿不盡的一種傳統。作為具有華夏之根的炎黃子孫，謝馨自然也無法撇開這一傳統，掙脫這一情結，例如在〈王彬街〉中，她把「想中國」的內心情感抒發得淋漓盡致：

王彬街在中國城
我每次想中國，就去王彬街

去王彬街買一帖祖傳標本兼治的中藥
醫治我根深蒂固的懷鄉病　去王彬街
購一盒廣告清心降火的檸檬露
消除我國仇家恨的憤怒
去王彬街吃一頓中國菜，一雙筷子
比一隻筆桿兒更能挑起悠久的歷史
去王彬街喝一盅烏龍茶，一杯清茶
較幾滴藍墨水更能沖出長遠的文化

去王彬街讀雜亂的中國字招牌
去王彬街看陌生的中國人臉孔
去王彬街聽靡靡的中國流行歌
去王彬街踏骯髒的中國式街道

我每次想中國，就去王彬街
王彬街在中國城

中國城不在中國　中國城不是中國

這首詩中，作者選取了「中藥／懷鄉病」，「檸檬露／消憤解愁」，「筷子／悠久歷史」「烏龍茶／長遠文化」等具有最顯著中國意蘊的一系列意象組合，將唐人街上司空見慣的中國特產與海外華人「根深蒂固」的鄉愁情結扭結在一起，賦予普通的物象以難解難分的中華情愫與文化內涵，鄉愁鄉思中更顯示出構思的不凡和主題的深邃。尾句「中國城不在中國，中國城不是中國」，頗有「低頭吟罷無覓處」的惆悵與痛楚，將海外華人「想中國」的夢演繹得更具普遍意義。當然，像〈王彬街〉這樣熱辣辣地直接傾聽難以排遣的思國的想像力與溫柔雅致的古典美，例如那首令人嘖嘖稱道的〈絲綿被〉：

當然我無意重覆抽絲剝繭的過程
由蛹至蝶，追溯至　老莊底夢境
我只延著絲路，尋覓溫柔鄉的位置：

彩繡的地點圖，在被面勾勒出東方
旖旎的經緯，織棉的羅盤
由纖細的花針指向古典琴瑟的一絲一弦

點燃一枝紅燭，低吟一首藍田
種玉的晦澀詩篇，啊溫柔鄉
雲深霧重，虛無縹緲，如芙蓉帳
閉上眼依稀聽見春水暖暖自枕畔流過

由一床華人家庭常用的絲綿被，而引申出與絲相關的一系列報富古典韻味的瑰麗意象組合：抽絲剝繭、金蛹化蝶、絲路花雨、水繡彩圖、東方經緯、琴瑟絲弦再聯結起紅燭搖影、藍田美玉、芙蓉帳暖、春水流枕，其中鑲嵌著「莊周化蝶」、「藍田日暖玉生煙」（李商隱詩）、「芙蓉帳暖度春宵」（白居易詩）三個典故；全詩不著一個「情」字，卻由絲的柔軟質感衍化成對柔情繾綣、兩情相悅的美好姻緣的表露與贊嘆，情感流露與表達方式都是古典式含蓄蘊藉、溫婉內斂，而非直抒胸臆、直白淺露，完美地體現了「溫柔敦厚」的傳統詩教，給人以一種濃郁的典雅婉約的審美享受。在〈柳眉〉、〈點絳唇〉、〈古瓷〉等詩作中，也不難看出作者類似「絲綿被」式化腐朽為神奇的順「理」（紋理）成「章」（華章）的精巧構思與古典雅韻。

「溶合，古典與浪漫精神於一爐」（羅門語），謝馨這種傾心於古典詩文傳統、注重於含蓄典雅而又不失浪漫綺麗的詩歌意象，織成了其詩中十分突出的「東方旖旎」的文化經緯。古典傳統，表現在謝馨筆下，實際上包含著兩個側面：一是文化象徵；二是歷史見證。像〈王彬街〉、〈絲棉被〉、〈柳眉〉等詩中出現的中藥、檸檬露、筷子、烏龍茶、以及絲綿被、柳（公權）體等這些與「中國」相關的物象，在某種意義上，只是一種中國特有的文化象徵，其中當然也有歷史，但還不是歷史興亡的見證。在〈華僑義山〉中，作者開始從「葉落歸根」的傳統思維模式脫穎而出，其中自然有對「終老不得歸鄉的幽靈」的文化上的慰藉：「在海外，再沒有比這塊土地更能接近中國／在異域，再沒有比這座墓園更能象徵天堂／在這裡，華裔子孫得以保留他們血脈的根／在今日，炎黃世胄得以維系他們親族的情」，但更重要的，卻是對於這些「流落異地的游魂」的生命作一歷史見證：「他們對於歷史追溯的興趣，使得作者常常越出對中國文化的情有獨鍾，而對世界上他國民族文化歷史、風土人情，甚至某些生活習俗同樣表現出興味盎然，這也較為符合作者常到世界各地旅遊觀光的旅人身份。因此，我們在謝馨的詩作中，看到了粗獷原始的〈大峽谷〉，清純明麗的〈初抵愛荷華〉，古色古香的〈西班牙俱樂部〉，風情萬種的〈新奧爾良詩〉，如夢如幻的〈新加坡印象〉，還有那多姿多彩的〈新英倫紀詩〉，別具一格的〈遊澳詩抄〉，在這些「記遊詩」中，謝馨並未只是停留在獵奇觀光的表層，而是表現出她對異國文化歷史進行探究的濃厚興致以及由此生發的感慨萬千，例如她在〈新奧爾良記詩·後記〉中寫道：路（易西安娜）州充滿歷史及種族特色，曾受到西班牙及法國多年統轄。一八〇一年拿破侖再度自西人手中奪回路州所有權，但直到一八〇三年，路州被出售，歸入美國版圖的前二十天，當地人對此項易主之事，竟全無知曉。」因而她在詩中如實地記下了被歷史掩蓋的一樁「越洋交易」：

封聖的頒布令則是二十世紀
二十年代的事了　那時
黑奴販賣市場亦經關閉
另一種性質的越洋交易更撲朔
迷離　藏嬌三年的韻事
不只涉及奧良女郎
被風流拿破侖
拋售的后宮三千也包括了整個
路易西安娜的南方佳麗

作者由美聯邦政府檔案裡儲存的一張奧良女郎的神秘照片的「傳言」而「考證」出當年路州

販賣女子的「越洋交易」的史實，而正是有這樣的歷史存在，所以，來此觀光的詩人敏銳地感覺到「藍調爵士演奏出／現代的憂鬱／白色木蘭花細訴著／身世的滄桑」。這首詩充分表明，作者並非一名純粹走馬觀花的觀光客，她表現了對於異族文化歷史和人的命運的極大關注與抒寫熱情。

生於上海，長於臺灣，而後定居於較早西化的菲律濱，多種不同的文化底蘊和人生感觸，使謝馨對於菲律濱本土文化特徵及其歷史滄桑的注目描述，自然更具有磅礡的激情和從容的思考：她的第三本詩集《石林靜坐》第一輯收錄了十二首「有關菲律濱的人、地、事、物」（《石林靜坐》序）的詩，並將其命名為「菲島記情」。與表現中國文化歷史的古典精致不同，她對於菲律濱的人、地、事、物及其文化歷史的描繪，更注重其多元性與駁雜感，正如她那首有名的〈HALO HALO〉中所言：「也是象徵一種多元性的／文化背景——不同的語言／迥異的風俗習慣，宗教信仰和生活／方式，象各色人種聚集的大都市／充滿了神秘複雜的迷人氣息」。此詩通過菲語「混合」與菲律濱一種中西合璧的甜飲的雙重涵義，來象征、反映這個國度多元文化的意蘊和特徵。

當然，謝馨更感興趣的還是菲國的人文歷史，並將現代意識和哲學思考融入其中，因此也顯示出一種剛柔相濟、「軟」「硬」並蓄的特點來。例如「菲島記情」中三首有關菲國女性形象詩中，既有對已成上流社會賢妻良母式的淑女典雅嫻靜的氣質的認同（〈瑪莉亞‧克拉芮〉）；也有對歷史上「巾幗不讓須眉」的民族女英雄堅貞不屈的精神的贊頌（〈席朗女將軍〉）；還有對現實中耄耋之年仍庇護、照應了許多愛國志士的菲國老奶奶達觀開朗的性格的崇敬（〈蘇瑞姥姥〉）。有意思的是，謝馨在描寫這些菲國歷史上和現實中受人尊崇的女性形象的詩中，在對她們的氣質、品格表示欽佩的同時，更多地表現了她站在現代人的立場上對歷史文化現象的深刻反思，如〈席朗女將軍〉選取了已成為馬尼拉城市雕像的民族女英雄對亡夫杰哥・席朗的內心獨白的視角，來闡發作者對「生命／死亡」、「殺戮／和平」、「偉人／凡人」、「榮耀／寂寞」等現代哲學命題的解讀：

今天　他們視我
為婦女解放運動的表徵
他們說我是菲律濱的聖女貞德
他們將我揮刀躍馬的形象定格
在全國最繁華的商業中心——
無數的車輛在我身旁穿梭
來往　但是杰哥
我是多麼思念　與你並肩
騁騁的歡暢　鄰近的
半島和洲際　是兩座現代所謂
五星級的旅社　但是杰哥

我們維干，甜蜜的故居和家園
應該是
整片閃耀的星空了

在這裡，「昔日／今日」「歷史／現實」的現代意義，似乎變成了現實對歷史的反諷與不敬。或許，菲律濱的歷史與現實，傳統與現代，就是這樣交錯著定格於一座商業中心的城市雕像上，既供人觀光又令人深思。而在〈蘇瑞佬佬〉中，作者則將一位有著光榮歷史的老奶奶的事跡，歸作了人生哲理的啟迪：「在生命中，如果有那麼一個／時刻，你突然面對／發揮人性尊嚴與勇氣的機會／你突然發現一種狂濤／風電的力量，一種邁向自我／靈魂的完整與理想，你千萬／千萬不要猶豫，不要退縮，不要／畏懼，不論／你是八十四歲或是九十一歲的／高齡／高齡不是藉口」。或許，對於現代人而言，德高望重的現代化瑞要比供人瞻仰的歷史英雄更具親和力與楷模性。

歷史與現實，傳統與現代，在謝馨的詩中並不僅僅定格於一座城雕、幾位偶像之上，其現代意識和哲學命題的演繹還體現在，對於一些常人司空見慣而又渾然不覺的東西，她也常常能夠別出心裁，出奇制勝，例如像電梯、機場、時裝表演、超級市場、旋轉門、甚至連椅子、鐳射唱片、鐵軌、脫衣舞等這些現代都市中並無詩意可言的物象（這些物象都是她的詩題），她也能挖掘出它們背後隱藏的深層文化意蘊及其「理」趣和「情」趣。例如〈電梯〉：「水銀柱般上上，下下，上／

下／下／上高樓的體溫／比女人的心，更難伺候／七樓　三樓　二樓　九樓／充滿階級鬥爭底動蕩和不安」；「水銀柱般　升　降　起落／高樓的血壓比天氣的善變／更難捉摸」，電梯成了觀察現代城市脈搏的血壓計。再如〈機場〉：「豈可將我比作放風箏的孩子／望眼看盡多少人生聚散／胸臆容納幾許世間往返／可以滙成一條河啊，那些離人的淚／可以震撼一座山啊，那些歸人的笑」，機場成了吞吐人生悲歡離合的起點與終點。還有〈超級市場〉：「對著沙丁魚罐頭的標價想起潮水的上漲／曾淹沒了多少城池，沖斷了多少橋樑／在番茄醬的瓶蓋上回憶故鄉菜園的芬芳／城隍廟前趕集的熱鬧，有一年／坐著牛車，顛簸了五里路／去買一件花衣裳」，超級市場成了當今物價指數的晴雨表和思鄉懷舊的觸媒體。這裡，我們在謝馨充滿現代感和幽默感的都市詩中，又一次看到了她難舍難離的「想中國」的故土情結，這未嘗不是現代意識中依然有著對傳統的依戀和珍惜。

溶合古典與浪漫精神於一爐，滙聚傳統與現代意識於一體，這就是謝馨及其詩作所給予菲華詩壇，乃至整個世界華文文學界的某種非同一般的啟示和感悟。

二〇〇二年四月寫於上海

生命之美的體現——有感謝馨女士《石林靜坐》

余思

收到謝馨女士的大作《石林靜坐》詩集有好幾個月了。

幾個月前，與菲華知名專欄作家江樺先生聊天，他問我看沒看過謝馨女士的新作詩集《石林靜坐》，我說沒有。

「你一定要看」，他有些激動地說，「我會讓她送給你一本。」就這樣，我的案頭有了一本《石林靜坐》。時間在悄悄地流逝。忙於修改論文和其他雜務，一本詩集只能今天看幾頁，明天讀幾首。對一些語句優美意境幽雅的詩或句也就多品味幾次。從詩經的賦比興到古詩的格律，再到現代詩的自然舒放，經歷了幾千年的歷程。無論新詩老詩古體詩都講究煉字煉句「推敲」，一字是古詩煉字的代表作。

然而，中國古代的詩往往與國畫有著異曲詞工之妙，即詩中有靈，畫中有詩。在這方面謝馨女士的詩也透出歷史的畫面，將語言變成圖畫。有時她的詩更深入她所描寫的人物的內心，將自己的心靈與描繪人物的心靈合二為一。

〈席朗女將軍〉這首詩可謂謝女士這方面的代表作。她將女將軍從冷肅的雕化為有血有肉活生生的人物，她更將女將軍的內心世界淋漓盡致地從筆端傾吐出來。無怪乎江樺先生在評論謝女士這首詩時用〈女將軍為什麼會復活〉這個題目。

八十四歲　應該是
受人尊敬的年齡
被人呵護的年齡
過馬路有人前往攙扶
在公共場合　有人自動讓座
可是　也有人
下令　將我放逐
太平洋　馬瑞納斯島

——〈蘇瑞佬佬〉

在她的詩句中有些句子起到畫龍點睛的作用。

我告訴你這些　也不是對你
炫耀　而是要你知道
在生命中　如果你有那麼一個
時刻　你突然面對
發揮人性尊嚴與勇氣的機會
你突然發現一種狂濤
閃電的力量　一種邁向自我
靈魂的完整與理想　你千萬
千萬不要猶豫　不要退縮　不要
畏懼　不論
你是八十四歲或是九十一歲的
高齡
高齡不是藉口

——〈蘇瑞佬佬〉

「高齡不是藉口」，在我們生活中，有時為了自私的利益，會有許多藉口。當「你突然面對，發揮人性尊嚴與勇氣的機會」時，這時一個抉擇的時刻，不允許可藉口，甚至「高齡」。「高齡不是藉口」就是〈蘇瑞佬佬〉的點睛之句。

筆者雖然也曾塗鴉過一些詩，但沒有專門向這個方向發展，而且好久也未動筆寫詩。讀過謝馨女士的詩集後，我覺得我的詩的思維之路又拓寬了。

謝謝謝女士，願您在詩的殿堂揮灑出自己更大的空間。

美麗的珊瑚叢林——謝馨的詩

非馬

作為一個愛詩又寫詩的人，常為了讀到同時代人寫的好詩而欣喜，更為了看到詩壇上不斷出現新面孔新聲音而興奮。

每次讀到謝馨的詩，一起步便有了不凡的成績。好比一株新芽，才冒出地面，便綠葉滿樹，開花結果，實在令人驚異。更可貴的，她的詩女性而不閨秀，溫柔嫵媚卻視野開闊。這，我想，多少得歸功於她平日閱讀並翻譯外國的文學作品。

謝馨，原籍上海，曾就讀於臺灣國立藝術專科學校，擔任過空中小姐，現居菲律濱。出版有譯作《變——麗芙・烏嫚自傳》，詩作大多在菲律濱及臺灣發表。

走馬看花話菲華新詩

黃維樑

謝馨的詩集《波斯貓》，在我遊馬尼拉市的時候，剛剛出版，別有風味。謝馨生長於臺灣，「昭君出塞」地嫁到菲律濱。她的詩裡面也有尋根，也有鄉愁，不過，更多的是菲島的本地色彩。她寫馬尼拉的華僑義山、唐人街、王城與機場，寫〈哈露，哈露〉（HALO HALO）冷飲，寫手抓飯，對我來說，都極其異鄉情調。〈手抓飯〉詩如下：

刀光叙影的騎士風範
舉著未定的圓桌武士
啊！不
真正打動芳心的

卻是一位赤手
空拳的
江湖俠隱

詩末有自註：「菲律濱人用餐的一種方式，菲語稱KAMAYAN」訪岷時，我嘗試過在一地道菲餐廳，用手抓飯吃，因此對謝馨所寫，印象特深。此詩短短七行，以比較方式，動地道出手抓飯的特色。「打動芳心」指的是得到食物。我想，詩人如能多費一點筆墨，渲染食物的芳香，則「打動芳心」一語乃有憑藉，這篇「武俠詩」也更可觀了。

謝馨的詩，除了多以菲國事物為題材外，章法頗多變化，語言也靈活有致，於比喻之道，得心應手。在訪菲期間，有文友問我該怎樣看待新詩。我簡單地回答道：可以把新詩作最經濟的散文：此外，用比喻是詩歌（包括新詩）所不可少的。我對菲華的新詩，涉獵不廣，然而，就閱讀《玫瑰與坦克——菲華詩卷》及和權、月曲了、謝馨等詩人別集所得印象，他們都已是得詩中三昧的作者。謝馨寫詩甚勤，據說頗引起華文新詩界的注意。打開六月號的香港《詩雙月刊》，赫然有她的〈蝴蝶袖——菲律濱服式詩作〉寫的也是菲島事物。看來，她有意做一個染上「蕃邦」色彩的昭君。這實在是文化交流和整合的好事。

謝馨的詩集名為《波斯貓》，這大概因為她特別喜愛那首同名的詩作。我倒覺得如果把集子改名為《三把吉他》，也許更好。三把吉他是SAMPAGUITA的音譯，原文為茉莉花之意，而此花為菲之國花。謝馨在詩集中多處寫到音樂。其〈導遊〉一詩更通篇以音樂為喻，其見匠心。此詩涵括了馬尼拉市的多處名勝，對我來說，既是旅遊指南，也是佳詩。在馬尼拉行走、看花、聽音樂（首段的「走馬看花」），加上讀些好詩，真是賞心樂事。謹錄此詩，以為這篇印象記的結束：

帶你走馬
　看花
馬是馬尼拉
花是三把吉他
音樂原是共通的語言
如果你聽不懂菲律濱話
第一首是西班二重奏——
伊薩貝拉軍火庫慷慨激昂的軍旅進行曲
聖奧古斯丁大教堂肅穆古典的宗教旋律
第二首是中國小調——
淒淒哀哀的華僑義山

噪噪雜雜的王彬街道
第三首是美國熱門音樂——在
現代化的高低建築間
敲打搖滾著
民俗歌謠則是椰子宮、聖第牙哥堡
黎剎公園、手抓飯餐廳……至於尾章
臨行前夕　羅哈示大道
防波堤上遠望落日
與海譜成的
大自然交響混合著
我導遊似地說白：對面的島嶼
是二次大戰
麥克亞瑟駐營的所在
啊！你突然擺出
立正的姿態　迎風留下
一句誓言：I SHALL RETURN

由謝馨詩集說起

喻麗清

菲律濱華裔女詩人謝馨，應愛荷華寫作班之邀美訪問，途經舊金山，承她見贈詩集——《波斯貓》及《說給花聽》（施約翰先生英譯），夜讀之餘，使我感觸良多。

她的詩，「以情、愛、感、知、靈、悟製作生命的場景」（羅門在書序中所言）之外，對於海外的遊子情懷，尤使我們共鳴。譬如〈王彬街〉：

「我每天想中國／就去王彬街／……雜亂的中國字招牌／……陌生的中國人面孔／……靡靡的中國流行歌／……骯髒的中國式街道／我每天想中國／就去王彬街／王彬街在中國城／中國城不在中國／中國城不是中國」。

此外，「華僑義山」、「華僑子弟」、「混血兒」、「移民」……等等，她文字之下的辛酸與嘲諷，想只有在海外的中國人讀來比較更有感覺。這使我想到詩集銷路的局限性。

海外文人的出版物，一般說來都不大能在國內打開市場，原因也就是這點「共鳴」的問題。海外人寫海外情，只有三條路較能討好國內人，一是非常的鄉愁，一是非常的洋氣。前者表示掛鉤，後者引人好奇。早年的留學生文學大都是前者。如今的「海外文學」好像只剩下一點「資訊」的價值。

謝馨說她是到了國外後才開始寫詩的。所以是名副其實的「海外詩人」。除了一些有關中國城的小詩，她的詩集整個兒說來是既不帶著歇斯底里似的鄉愁，又不訴諸「觀光客」式的賣弄異域風情，這是我深為佩服的。然而，她的中國情都寫到哪兒去了呢？

她寫「柳眉」，寫成「柳體書法纖細秀麗的筆觸／墨色的深淺亦遵循五柳先生的人生觀……」

她寫「鈕扣」：「那樣輕微的剎那的手指尖端的撫觸／那樣童稚的好奇的充滿遊戲性質的按動／竟然是一個開始一個爆炸一個發現誕生一個毀滅／而緊緊纏繞如胸際盤花扣般的／卻是羅裳輕解的挑逗／門戶半開半閉的神秘……」

最耐讀的是她「絲棉被」——

「當然我無意／重複抽絲剝繭的過程：由蛹至蝶，遠溯至老莊底夢境／我只延著絲路／尋覓溫柔鄉的位置：彩繡的地點／在被面／勾勒出東方／旖旎的經緯。織錦的羅盤／由纖細的花針／指向古典／琴瑟的一絲一弦。

點燃一隻紅燭。低吟一首藍田種玉的晦澀詩篇／啊，溫柔鄉／雲深霧重／虛無縹渺如芙蓉帳／

閉上眼依稀聽見／春水暖暖／自枕畔流過……」

我不知道這不會是一條新的寫作途徑（向古典主義的文化情懷發展），對於一個依然無奈地愛著中國的海外人而言──政治插不上手，女性主義無能為力，文學是唯一認同的方式的時候，謝馨的詩集，帶給我很大的鼓勵與感動。

知音雖少，還是值得寫下去的。我的小女兒唐密在學校主修英國文學，副修中國文學。最近問她在讀什麼，她說：

「魯迅的孔乙己。」

我說：「怎麼樣？」

「不怎麼樣。之乎者也而已。」

我一驚。對於我家這一口「華僑子弟」，不知道教她「絲棉被」她又能懂得多少？也許答案總等到一個人葉落歸根的時候才能揭曉？

雖然葉落不必一定歸根，雖然身在海外不必一定寫作或者要用中文寫作。但是，堅定的寫下去何嘗不是一種答案。摸索過的路上有我們曾經留下的答案——在增加著，而不是遞減著，這就夠了。這不就夠了嗎？

昨天讀到韓秀的「磨難的智慧」更加有感。韓秀說：

在英語世界裡，我們這些用「外文」寫作的業餘作家，工作、生活、說、寫、讀用英文爬格子時，卻要在短短時間內返回一個母語文字構成會，並用這一種文字去描寫一個與日常生活有相當距離的世界，現實生活的粗糙與筆下文字的典雅引發出激烈的衝撞。作家必得集中全部心力，讓（一天工作下來）疲乏已極的身體再一次興奮起來。茶、咖啡之外，真正起作用的，是種意志力，一種未曾身歷其境的人們難以想像的意志力。……商業社，藝術需得賣錢，得到「肯定」，也才得以維持下去。而不計市場如何，埋頭耕耘的人實在是真正的勇者。

我幾乎想跳起來，立刻去擁抱韓秀我的朋友。我們自許為勇者，別人或以為傻不可及呢？有關係。季扎掛劍，劍去掛在荒塚上的，也只季扎一人而已啊！

詩人來訪

毛一波

詩人謝馨來路州「拜訪」我們的事，早由住在省城近郊的林振述（艾山）教授見告。那時是九月初間，謝已偕菲華作家楊美瓊、施約翰到了愛荷華州大學城。林並說如果謝忙不過來，大家不妨抽身前往看她。原來林與其夫人羽音博士同是謝的詩友。而我們呢，內子高一萍是謝高中時代的國文老師。我只是「謝馨詩集」前後兩本的讀者（《波斯貓》，一九九〇年四月；《說給花聽》，今年七月）。

幾度長途電話，謝已敲定九一年十月十二日，自愛荷華飛芝加哥轉機飛紐奧良。是日晴朗多雲。午後五時，一萍帶著小孫，與兒子駕車去機場把她們一行三人接回家來。我應門而出，還沒有向人一一握手，已認出高挑眼大的，身材纖小的是楊小姐，而和自己同樣不脫眼鏡的便是施約翰了。進門的客室，小得僅堪容膝。一壁書架，一張方棹，三把椅子外，還有些迴旋的餘地。只因連著飯間，又有兩大排長窗，看來光線和空間，還是夠多的。大家方才坐定，一萍就繼她在車上時所談的事事物物，又找出各種像片簿子來給客人一番參觀，忙而未亂。西下的霞光正當窗映入，這屋內就開燈和電扇。我一時插不上什麼嘴，就退到後面的起居間，靜坐安樂椅子，看兒子抽煙並看電視。待到七時，把客人的行李送到樓上之後，始一同外出，吃晚飯去。

我家附近靠長湖之畔的北京樓，是我們常去之處。家常菜不外豆腐茄子和魚蝦之類。此番夜宴只添雞鴨兩味而已。主客八人。兩張小方棹拼攏來坐的真近。我多年止酒，客人又只飲水，仍以談話為中心。習慣了細聲細氣的敘述，我在對謝詩人說：「你的『初抵愛荷華』真好，寫得江山如畫！」她微微一笑。坐在左邊的施和揚也點頭稱是。而在右下邊和下方的兒子、兒媳，不免茫然。他們雖說喜好文藝，有過創作，但為生計忙得少讀中文報刊了。接著我問約翰，筆名莎士的楊小姐寫不寫詩？他說她寫散文和小說，常在臺港及馬尼拉的報刊發表。她也自己補充：近有兩個短篇放在愛荷華。談到各地作家，約翰相識的人比我多，交遊甚廣。後來他又說，這次南來看你們是順便的。因為此時洛城正開作家會議，他們本要去的，似也是由研習所外出的正式的公事。現在來不及去，就不能兩全了，我口頭答應是的是的，心中卻想：好一個順便或順道，那便有欠專誠了。（事實上，她們是專誠來訪的，放棄了去開會的。因為時間衝突，此點一萍沒有提早告訴我，所以我把談話寫入文中了。再說，我有點重聽，可能誤聽了，特此注明沒動原文。）其實，過去有些人來訪，都是順開會之便的。比方衛蘭從多倫多來達拉斯開會，就想順便來此間一晤，而終於未來，只託人帶來一些茶葉以作紀念。

乘著星月交輝回到我並非結茅的「草堂」，在簡陋的起居室裡，煙茶並進。自然上下古今的雜談起來。我拿出前兩天複印好的詩稿分給眾人一看。詩題是〈代一萍賦贈謝馨〉。詩曰：「風高林下似，友自遠方來。明月共千里，新詩有別裁。女夷能解語，師氏更憐才。還向艾山去，追陪籬菊開。」一萍不寫這樣需要搖頭吟詠的古典詩，而她有其詩人的氣質。我看，在大學教授英美文學的羽音，正亦如此。至於謝馨，她給人的印象還更深刻。她的第二部詩集《說給花聽》（施約翰英譯，為漢英對照本。）羅細士在序文之末說：「謝馨不是一個寫詩的人，她是一個真正的詩人—天賦其有內在的視野。你不是讀她的詩，你體驗它們。我看完她的書，接觸到一個偉大的靈魂」。羅氏為菲國學者、作家、文學院長，所言當是很鄭重的。另一詩人羅門早在八八年十月即說她「以情、愛、感、知、靈、悟製作生命場景」了。這一晚，大家深談的很多。尤其是在東樓上一萍的閨房中，謝馨師生，一面看小耳朵，一面娓娓對話，至夜半十一時之久。第二天，她們又同遊市區，至下午三時始行別去，一萍竟沒有，追陪到艾山家去。記得臨別前，約翰曾韻和我之詩。有「海天千層似，有緣人自來」。及「依依揮別去」之句，可知英譯家深通中文，對古典詩詞，極有造詣。他父親穎洲先生，更是英翻中的名手。所譯世界名詩選本三種。古典現代俱備，長期膾炙人口。而這次回來的莎士，以小說名家，但其言談間最關心中國文化，並以菲律濱的華人文化教育前途為憂，真是從事新文藝創造而不忘傳統的有心人。

艾山的家距離我家三小時車程，其地四時清幽，是真個的「草堂」居處。杜甫當年在奏州，即名所居為南枝草堂。後到成都、梓州，乃至燕州，無不以草堂名其居。幾次去艾山家，我都詩意盎然。現又約我們和謝馨同去，而只能心嚮往之。雲天在望，我勞如何！我想要重讀他的《暗草集》（一九五六年版）、《理沙集》（一九六〇年版）來。

以情、愛、感、知、靈、悟——製作生命場景的女詩人謝馨

羅門

讀過菲華傑出女詩人謝馨這本詩集，我相信大家都會覺得她是一位生活體驗相當深廣，而且具有才情以及美的意念，理念玄想深思與激情的詩人；時由於創作題材的層面廣，觀察力的敏銳，思考力的強度，想像力的豐富與多變性；加上她能以開放與熱情的心胸，來面對世界，包容一切，使古、今、中、外、大自然與都市中同的時空領域，以及男女情感上的陰、柔、陽、剛之兩極化，均打破界線，溶入她自由創作的心境，而形成她隨心所欲、隨興而發、隨意而為的無所不能的詩風，是特殊非凡且值得重視的。

在詩中，她既能流露柔情蜜意，又能展露豪情逸意；既能發揮出強烈的感性，又能表現出冷靜的知性與心智，而溶合「古典」與「浪漫」精神於一爐，使詩情詩思能向外向人發射較繁富與多彩多姿的光能。

她詩語言的運作力，不但有直率、自如、暢通，而且富於象徵的意涵以及具有對準一切存在焦點與核心的投射力與引發力，能激發詩思產生較具強勢的反應機會。同時由於她的語言，富於生活的行動化與臨場感，而且有較佳的動力與動勢，能帶動讀者進入存在的具有啟發性的實覺與實感的空間，去發現詩與實際生活與內在生命是分不開的，「美」在一起，這就相當的可貴。

雖然在整本詩集中，也有一些詩，或因受制於事件與新聞抒述性、或因順應特殊的風土人情的報導以及寫景描物與抒述過詳，拉不出「轉化」與「提昇」的較理想的觀照空間，難免使詩思有偏靠散文臨界線的可能，而多少影響到詩的精純度與質感，好在她一些具有說明性的語言，在活動中仍保持情思活動較佳的緊密度與語意，以維護詩的存在實力。

現在讓我們來看她，她詩篇中表現較傑出與精彩的部分，既可看、可讀又可深思。

如在〈時裝表演〉詩中：

……
色澤與線條
款式與花紋
也屬於晝與夜的
交替

春去秋來的自然變換
……
一個扭轉乾坤的
一百八十度大旋轉
且用她的裙角
飛揚起　被遺忘了的
五十年代的風雲
……

她將「時裝表演」這一種屬於外在穿著生活形態的改變，來影射「時空」與「心態」活動的反應與變化。在詩中表現出自然、鮮活與深微之「美」，是驚異的。

在〈絲棉被〉詩中：

當然我無意
重覆抽絲
剝繭的過程：由蛹

至蝶，遠溯至
老莊底夢境
我只延著絲路，尋覓
溫柔鄉
的位置：彩繡的
地圖，在被面
勾勒出東方
旖旎的經緯。織錦的
羅盤，由纖細的花針
指向古典
琴瑟的一絲一弦
點燃一支紅燭。低吟
一首藍田
種玉的晦澀詩篇

啊！溫柔鄉
雲深，霧重
虛無飄渺如芙蓉帳
閉上眼，依稀聽見
春水暖暖
自枕畔流過……

作者將詩思詩意一層層的掀開，真是精彩。對於「物象」，「物趣」與「意趣」，不但有點照、交溶與轉化的能力，而且想像力活動的延展性與精美度，都是一般詩人所能把握。像作者抓住「絲棉被」的「絲」字轉化成「絲路」；將「被」視為「藍田」，它何止是用種美夢、種詩、種東方的古典之情；而是在透過抽象感所實覺的虛境中，架構起一個千古常青吟唱不已的充滿了溫馨的生命與愛的妙境：「春水暖暖自枕畔流過」，像這樣輕盈幽美的意象，能不射中美的心境與永恆的愛。

在〈點絳唇〉這首精美的抒情短詩中：

婉約纏綿
深印

於你腦際
永不褪色
紅了
櫻桃的往事
你一遍一遍回味
……

她不但抓住這首詩，玲瓏、精緻且具深情深意之美；而且像「紅了櫻桃的往事／你一遍遍的回味」這些詩句所製作的意趣與情趣，都應是有特殊的美的感染力與效應的。

在〈渥因都貝〉詩中，作者以較詳的敘述手法，在各種不同意識形態的事件與景象所串連發展的氣勢與實境中，滲入相溶和情意，產生感性的美的顫動，靜靜流露出潛意識的「愛」的圖景，確是迷人的。詩中也常閃現著出人意表的可思可感的精彩的意象語：

美食的韻緻，你點的油燜田螺
令我想到一位現代詩人執著的

「螺旋形之戀」，你為我叫的

……

我心中想說的是——
憂鬱可以美麗如燭光的舞姿
哀愁可以動聽如鋼琴奏鳴曲

在〈超級市場〉詩中，她以較靈巧的嘲諷，托出「都市」與「田園」、「精神」與「物質」存在的對比情境，是具效果的，尤其是她在詩中以「超越物外」與「超級市場」的雙「超」，在思想世界與詩境中製作的「形而下」與「形而上」的分離性，是奇特的。

在〈選擇〉詩中，她揉合經驗理念與意念的力量，於超越常人與常態、對生命所採取「明確理性」與「算命迷信」所作的選擇之外；進行無所選擇所做的選擇，這種表現，能不看出她思考與意向的特殊層面，而覺得此詩已含有禪性與哲思的效態：

紅燈亮時
你只能等待
而等待也是一種選擇

……
有時你必須求助於
一個銅錢的正反面
……
對人生，我無所選擇
一切早經安排——就這樣
你作了選擇

在〈旋轉門〉詩中，她將外在的「旋轉門」透過象徵的暗示性，形成人生帶有「神妙」與「遊戲」的三百六十度自由地旋轉開放的生之門。而沒有門的牆，人與人便被隔離不能相通了。由此可見她透過此詩，對生命存在所做觀望與探索是深入的：

玩魔術那樣地
一轉身
即不見了，進入
牆的另一邊，像坐木馬

的孩子，享受
旋轉的樂趣
……
於是出口和入口
成了一種
方向的遊戲
……人與人的隔閡
在沒有門的地方，也一樣
存在著……

在〈古瓷〉詩中，她仍是透過知性清明的感悟，以觀照與帶有暗示的白描手法，將「古瓷」轉化與昇華為充滿著情意的生命形象，形成一種永久的期待。她運用意象之精確生動與繁美，又足可見她在創作中，一再呈示的才情：

……
以龍鳳之姿

以古典之影
以不凋之花
展現於清純
浮印於渾圓
如此冷靜

在〈悟〉詩中，她竟能將艱澀的「辨證」「邏輯」等硬性思考，溶解為詩的婉轉交替的情思，進入圓融且含有玄想與禪意的詩境，實在不易。

也有
另一個你
一個與你
相同的你
來替代
你
也有

另一個我
一個與我
相同的我
來替代
我
……

在〈床〉詩中，她想像力的釣線拋得更遠了。透過超現實的潛意與原始感，她把「床」的存在，竟看成有「在水平線上」、「在水平線下」的雙層妙境；且妙傳著兩種不同奧秘與多彩多姿的生命活動景面，任由讀者從心理學大師容格或佛洛依德潛意識的性心理美學去探索與思索，都會有奇妙的聯想與發現：

在水平線

下
當呼吸均勻
起伏如波浪——千年的
海底，有彩色
斑斕的魚群，悄悄穿越
美麗的珊瑚叢林。

在
地
平
線
上

當鼾聲微微
如傳達訊息的聲鼓——來自
遙遠的洪荒。

……

在〈迪斯可〉詩中，作者很機敏的抓住特殊的聲、光、色、形等狀態，以構成有特殊感覺的視聽環境，來架造「迪斯可」具體存在的造形世界，是至為精確的。而且語言的排列形式，也不放過「迪斯可」特殊的存在樣子：

把所有的
音響
光線
形態

裝在一隻萬花筒裡

搖之
轉之
直到你
聽而不聞
視而不見
感而不覺

於是你聚精會神地

欣賞音樂

分辨色彩

識認你我

在〈說給花聽〉詩中，她可說是一位「移情」表現的高手，將「花」寫得較富戀情的戀女還迷人。其實在潛意識中，她就是寫懷春的戀女；寫得「花」與「戀女」都美得分不開，最後是美成一體，美得那麼的生動與有餘味：

……

等妳，我的雙眼望穿

秋水後，兩臂

也已伸展如冬之枝椏

但我依然耐心地等候

春

總是會來的

……
而明晨——
浮上妳美麗臉頰的
是怎麼揮也不去的
豔如霞彩的紅暈

在〈感覺〉詩中，她進入生命的內層世界，透過抽象，抓住實體存在的精確與細微的感知，使「外在的物態」與「人的體態」交溶成潛意識中的「性」感世界，是富暗示性與具有特異的感覺的。

如果我能逐一說出
那些感覺
的名稱，明確地
如汽車零件——當你的手握住
我的手，你的唇
輕移過我裸靈的肩胛

但我要你了解的
我底感——是數學
那樣地精確
純金那樣地不滲一絲雜質

在〈波斯貓〉詩中，作者已像是以語言媒體來繪畫的抽象表現派畫家。於心態、情態、與體態微妙的移轉與交合中，「波斯貓」可能是作者自己或任何一個女人含有溫柔、誘惑與詭異性的「美」的投影：

在光映七彩的白晝
我是九命迴旋陰陽界的異端
說我是　霧
說我是　女人
說我是童話中詭譎的魔毯

悄靜的步履踩入踩入
踩入你最最纖柔
最最深微的
　潛意識裡

此外，她在〈速度〉詩中，從噴射機超音速的反方向，捕捉時間停滯的形象，以及覺得人生太匆促，與深知生命又不能不往前衝刺，所寫的詩句，都確有不少精彩的表現，尤其是「時間該殺」四個字，用得最精彩、最傳神，是十足創造的語言：

音
射機
行的旅客
受的是：緩慢
疲累
……
生太快速

間
殺

在「香水」詩中，她特別透過抽象感與實知，將「香水」「美」的靜態與動態，寫得那麼入情、生動、活現，真是令人消魂迷惑不已：

被禁閉於手水晶瓶中的
花底精靈，以非花
非霧的姿態，悠悠甦醒——
那些失落了的
遙遠的，充滿茉莉，玫瑰
紫羅蘭的春日，即不動聲色
不著邊際地像鳥
飛來，像雲
飄來
像水，流來
像玉人，風情萬種的走來

且放浪於形骸
之上，
且回歸
於最初之一吻、一笑
……夢醒後
啊！一如提鍊後
的昇華——
萬紫
千紅
了無……痕跡……

在〈藍眼膏〉詩中，作者緊抓住「藍」的變化色調，並將之轉化昇華為內心深淺濃淡的「情色」，這種精神業，能產生如此奇異與動人的效果，它能不來自詩作者藝術技巧表現的優異才能：

塗上藍眼膏的時候
……

我已懂得憂鬱，比爵士樂的
藍調底更低沈的韻律
比畢加索藍色時期更陰暗底畫面，甚至
比藍田
更淒迷的詩句。我已懂得由濃
而淡、由淡而濃的
藍色天空的無語的悲哀
由深而淺、由淺
而深的藍色海洋的無盡的孤寂

在〈線〉詩中，作者僅用「以橋底姿態，綴拾起阻隔的萬水千山」，這兩句詩，就已把「線」本身的生命「線」，緊握在手中了；寫到

牢牢繫住，一紙
信息，
……

於千里，是姻緣
於破鏡，是滿月的
夜晚

這一段詩，這條「線」怎能不在作者的藝術表現手法中，變成那條「心與心」、「世界與世界」之間的連「線」。

在「影印」詩中，作者透過生活的實存感與冷靜的思辨性，對現代人生存狀態所做的批判，是相當深入且嚴格的。

在「數字」詩中，則可看出作者善於從精確的觀察與體認中，掌握眾多事物的重疊層次，並使之進入同心圓，一併納入「數字」的一結構系統，而顯示出「數字」在現代人生存世界的威勢，終於也指控人活在「數字」裡的事實。

綜觀以上對謝馨作品，採取掃瞄、抽樣與重點性所作的一連串例證中，我想大家可獲得一個較接近實況的觀感。

很明顯的，謝馨內在的生命、思想與情感結構，對詩確具有靈敏與敏銳的感應力，以及那股真摯狂熱的激情；同時也有駕馭具藝術表現的語言與技巧，去為具有深度的「美」的思想與情感工作的能力，而且更值得激賞的，是她確實在她眾多具有水準與內涵力的詩篇中，建立她一己充滿

「情」與「愛」、「感」與「知」、「靈」與「悟」的多面性的生命存在境界與詩境。

縱使她的詩，整體看來仍需要向詩的「純度」「質感」以及更清晰的語言脈絡與完妥的造型結構世界，做進一步的努力與提昇；但此刻都不會妨礙我們說她是一位確具有創作才情的傑出女詩人。

一九八八年十月

經眼江山費追尋——與謝馨對談

王偉明

王：你生於上海，十歲移居臺灣，婚後卻定居菲律濱。這兩次遷移、流放，可曾帶給您怎樣的衝擊？尤其語言的轉換，對您的作品會否造成障礙？

謝：遷移不是流放。流放有被迫、被逼、被驅逐的意味。我生命中幾次居地的轉換，感覺上卻是順應自然變化的移動，也就是說心理上並沒有造成甚麼很大的衝擊。新的國度、新的環境、新的生活方式，在適應的過程裡當然有其酸甜苦辣，但這也是成長必然的經驗啊！至於語言的轉換，對我作品應該是助益的。新的語言帶給人新的視野和靈感，會使作品的內容更豐富和多采多姿。

王：您曾在藝專修讀，其間哪些劇目給您較大的啟發？又您認為「戲劇」、「音樂」在您的作品裡起了些甚麼作用？

謝：選讀藝專戲劇科，當時確實令認識我的人感到驚奇，尤其是我的父母。因為從小我是屬於安靜和羞怯的個性。進了藝專，我祇修讀了一年，所以還沒有學到真正戲劇藝術的課程，但在一些必修的學科像國文史地之外，有一堂比較專門性質的「表演藝術」。同時，我們排練了一齣話劇——《花好月圓》，學期末的演出是年度要考績的評分，那時，在藝專給我印象比較深刻的老師是崔小萍、王慰誠和王勉之。雖然我沒有在藝專修完五年的課程，但戲劇和表演藝術在我的生活和工作上卻一直有著密切的關連：我在空軍專機中隊服務時，除了飛行之外，經常被指派參與康樂活動，甚至去到金門勞軍演出「父母親大人」的舞臺劇。在民航空運公司做空姐時，也曾被中影借調演出影片《音容劫》，那是由陳紀瀅小說改編的劇本，導演是宗由，領銜是陳燕燕。我也為銀星公司拍攝過一部《金色年代》電影，導演是寫《紅河三部曲》的潘壘，片中的馬之秦、劉雄斌、錢蓉蓉等後來都成了影壇優秀的演員。我還為中國製片廠拍過一部《鐵甲雄風》，導演是趙群。甚至後來我來到菲律濱，還應中正學院校友之邀參與過一部王生善導演的話劇——《春暉普照》……。而我在臺北正聲廣播電臺擔任播音員的工作，在菲律濱福華電視公司新聞播報員的職務也可以說是和戲劇及表演藝術一脈相連的吧。這是不是我當年為什麼選讀藝專的原因呢？或許當時我已直覺地感知我的興趣在那裡，我能夠作些甚麼？這些個人經歷似乎和詩完全的風馬牛不相干，但我確實沒有想到，年逾不惑之際會突然開始寫詩，那麼熱衷於文學的藝術。

在藝專時我修讀的是戲劇，並沒有受過正規的音樂訓練。小時候彈過一點鋼琴，早已忘得一乾二淨。後來又學過一陣子古箏，會彈幾首國樂，像〈漁舟唱晚〉、〈上樓〉、〈高山流水〉等等。音樂，廣泛來說，就是悅耳的聲音吧，一種有節奏、有韻律能激起我們某種情緒的共鳴，在日常生活中是一種享受，不論古典、現代、西洋、東方、流行歌曲，隨興而聽，我都喜歡。對詩作而言，詩歌相連，由於現代詩不再受到格律的規範，形式的限制，字裡行間的「音樂性」當然就更重要了。

王：您一九八二年開始寫詩，是甚麼原因讓您以詩作為您終生奮發的目標？又中外哪些詩人對您有較大的啟發？

謝：我一九八二年開始寫詩，也可以說我是一九八二年開始寫作的。因為之前，我好像從來沒有想到過這樣的表達方式。雖然，八〇年我曾出版了一本譯作《變──麗芙‧烏嫚自傳》，由臺北聯經公司出版，還在臺灣《女性雜誌》連載了一年，但翻譯和創作是不一樣的，因為中心意識依然不是源於自我。這種突然提筆寫作，一開始又是以「詩」的形態出現，連我自己都感到驚奇。

由於起步晚，沒有深厚的學歷，又不是生活在一個文藝和學術氣氛濃厚的環境，一切有關詩的追尋就祇有靠自己的摸索了。而最簡便的方式當然就是讀其他詩人的詩。我收集了許多中英詩選、詩刊。中文方面多數是臺灣詩人的作品，他們給了我很大的啟發：像羅門〈流浪人〉的現代感、瘂弦〈坤伶〉的戲劇性、敻虹〈記得〉的溫柔、林泠新穎的形式、洛夫強烈的意象、余光中的儒者風範、楊牧文字的典雅……鄭愁予的詩我更是一首一首，一讀再讀的。臺灣有很多好詩人，有些雖然作品不多，但一、兩首已足以令人念念不忘了，我常把它們留下來，抄起來慢慢欣賞。英詩也一樣，一本Louis Untermeyer編的*The concise Treosury of Great Poema*已被我翻得紙頁支離破碎。我還訂閱了好幾年的*American Poetry Review*以便知道英文詩壇的現狀。買了許多英詩錄音帶聽聽英詩朗誦的音調，別人或詩人自己的聲音。我也翻譯一些英詩，像Marianne Moore, Robert Forst, Elizabeth Bishop, Linda Pastan, Denise Levertov, Emily Dickinson, William Stafford, Adrienne Rich, W.B. Yeats, Fleur Adcock以及一些菲律濱詩人的作品。

王：你甚麼時候加入「創世紀」詩社？是甚麼原因促使您成為它的一員？又有論者批評該刊近來發表較多大陸作品，而被譏為「大陸版」。作為一位寄寓異國的詩人，您可有甚麼看法？

謝：我是一九九一年加入「創世紀」詩社的。臺北創世紀同仁曾組團來菲訪問，因此我認識了許多詩友。旅居海外又愛詩、寫詩，能成為臺灣當今首席詩刊的一員，覺得非常榮幸。《創世紀》不止刊載臺灣本土的詩作，在文化交流上也貢獻良多。

王：您曾提及創作〈大峽谷〉是「潛意識」作祟所致，未知這種經歷，也曾見諸您那些涉及尋根與鄉愁的詩內？又近年盛行的「女性主義」，是否給您新的啟發？

謝：潛意識是創作最大的泉源，它甚至比經驗、學識更能決定一個人的創作才華。當然，也要看你能否將這個泉源引導、發掘出來。三度空間可觸知的意識是有限的，沉潛在內的才是無止境的寶藏，所以內在的生活比外在更重要，像愛瀰麗・狄金遜（Emily Dickinson）就是一個很好的例子：她過的是極其單純的生活，人生經驗也不豐富，然而她作品裡的深度、廣度確實令人讚歎的。

至於您問起的「女性主義」，是由於社會對女性有著太多不公平的壓抑和束縛而造成的。幸好，比起上幾個世紀來一切都有所改善和進步。其實理想的應該是順性、自然，各抒其長、相互配合吧。所以「和諧」也是我詩中追求的一種境界。

王：您擅於處理歷史題材，特別是帶點洋氣的，諸如〈瑪利亞・克拉芮〉、〈席朗女將軍〉、〈蘇瑞佬佬〉等。

除了文化差異外，您認為歷史題材該如何處理？又該如何取捨呢？

謝：您指的這三首詩中的主角都是菲律濱歷史或文學中著名的婦女：「瑪利亞・克拉芮」（Maria Clara）是菲律濱國父黎剎小說《勿忘我》（Noli Me Tangere）中的主角，她代表著菲律濱十九世紀上流社會柔順、保守婦女的形象。「席朗女將軍」（Gabriela Silang）則是菲律濱十八世紀抵抗西班牙、被絞刑而死的民族女英雄。「蘇瑞佬佬」（Tandang Sora）更是令人訝異和欽佩，她八十四高齡依然充滿愛國的鬥志，歷經逮捕、送審、遣配的英勇事跡活到一百零六歲。文化也許有所差異，但人性內在的情操是一樣的，像忠貞、慈愛、堅毅；像對自由、平等的嚮往；對真善美的追求……。以歷史題材入詩，往往為了保有它的真實性而會減低詩的濃縮性，但如果能把握住整體的節奏和韻律，應該還是有其「詩」意的存在吧。

王：您擅於以文字意象來烘托氛團，特別是異國情調。您如何看「文化認同」與「身份認同」呢？

謝：「文化認同」首先要培養一種寬宏包容、不亢不卑的態度，到了一個新的國度或地區，如果帶著「優越感」或「自卑心」，一定會覺得格格不入的。同時，「愛烏及屋」，我們應該尊重、關切、維護我們居住的國家，儘量做一個好國民。由於我的祖先是中國人，我就是華裔菲人。雙重身份，多了一份趣味性、神秘感。您說我作品中的「異國情調」也許就正是這些原因造成的吧。

王：羅門說過您的詩是「以情、愛、感、知、靈、悟製作生命的場景」，我卻認為應多加「失」與「尋」。前者是指「失根」，後者則可指「追尋」，既有辭家去國之思，也有對生命及詩藝不斷的追尋。您可否認同我這個看法？

謝：「失根」的感覺，對我來說是淡薄的。我很羨慕那些能夠擁有濃濃「鄉土情懷」、深深「歸屬感」的人，我祇能儘量做到「隨遇而安」。最近讀到奧修大師的一本書，他說：「白雲的存在沒有根、沒有它自己的道路……你就在你存在的地方，存在就是目標……」我不知道我是否能像這樣灑脫？因為我覺得我依然在「尋」，就像您說的——對人生本質的追尋，對詩和藝術的追尋。

王：菲律濱是個多元文化結合的國家，可否談談菲律濱本土詩人及其作品？又華文詩社是否以報紙副刊作為發表作品的基地？

謝：由我書架上三本菲律濱詩選——(1) *MAN OF EARTH* (2) *A NATIVE CLEARING*（EDITED BY GEMINO H. ABAD） (3) *THE NEW DOVEGLION BOOK OF PHILIPPINE POETRY*（EDITED BY JOSE GARCIA VILLA）可以看出本土詩人的眾多以及他們作品的優秀，他們都是以英文書寫的。當然也有以西班牙文和菲文的創作，但數量較少。

菲律濱有五份華報，副刊是文藝創作的主要發表園地。五份華報是——《聯合日報》、《世界日報》、《商報》、《菲華日報》、《菲律濱華報》。菲華文藝團體則有：「菲華文藝協會」、「耕園文藝社」、「辛墾文藝社」、「晨光文藝社」、「菲華作家協會」、「新潮文藝社」、「緝熙雅集」、「椰風文藝社」、「亞華作協菲分會」、「千島詩社」、「萬象詩社」。寫詩的人有月曲了、林忠民、文志、王勇、白凌、范零、心田、白雁子、江一涯、施約翰、吳天霽、林泉、和權、一樂、佩瓊、若艾、陳一匡、許露麟、陳默、寒松、雲鶴、南山鶴、劉氓、蔡銘、張琪、石子、謝馨等等。

王：我曾想編選一篇《菲華詩人作品選輯》，您也曾代我廣為邀稿，後終因作品參差不齊而被迫放棄。這是否與年輕一輩接觸華人機會日益減少才致有青黃不接的現象？您對未來的菲華詩壇又有甚麼期許？

謝：文化傳承的憂慮是一種推動、一種促進，提醒大家應該警覺、應該努力。其實比起東南亞其他地區，菲律濱的華文程度並不落後。教育方面，僑校學子的水準以一些作文、演講、朗誦比賽給我的印象並不比國內同年級的差太多。文藝發表的園地，馬尼拉五家華報天天有副刊。文藝活動很頻繁，經常舉辦讀書會、演講、研討會並邀請國內外知名作家、學者前來授課。文學的成就非一朝一夕，青黃不接祇是一個短暫的假象。至於菲華詩壇依然非常蓬勃，最近復出的千島詩社上週宣佈將由一月一次的月刊改為雙週刊。祇要有愛詩、寫詩的熱誠和執著，「江山代有才人出」好詩、好詩人總是會出現的。

王：施約翰曾翻譯過您的作品。您認為您的英譯詩作是否融入菲律濱文學？又翻譯時，您認為怎樣取捨「信」與「達」？

謝：我有三首詩作的英譯——〈瑪莉亞・克拉芮〉、〈席朗女將軍〉和〈蘇瑞佬佬〉曾分別被菲詩評家選為每月最佳詩作。〈王彬街〉英譯在一九九四年也被收入《英國東南亞旅遊文學伴侶》書中，但這祇算是文化交流的一點小意思吧。翻譯作品要融入本地文學，真是談何容易。也許要像高行健那樣的成就，他的作品應該是融入法國文學了吧。又像一些文學經典，如老子的《道德經》、唐詩等等也都是以翻譯的姿態融入了世界各地的文學。

無論如何，翻譯，在文化傳承、文化交流上都是極其重要的。我也曾經將一些英文詩譯成中文，在您說的「信」和「達」之外，我也儘量保留「雅」——文字的和音韻的美。

王：您對臺灣與大陸詩壇的發展並不陌生。您認為兩者有何異同？尤其理念方面，與海外華文文學可有相應相連之處？

謝：近五十年來臺灣詩壇的發展是令人驚異和讚嘆的。無數優秀的詩人給了詩創作絕然現代和獨特的面貌。大陸的詩作我讀得不多。身處海外，當然還會受到其他文化的影響，但由於寫作使用的是華文，不論內容多麼「異國情調」、「他鄉風味」，精神本質仍然是和中華文化相應相連的。

羅細士序（中譯）

翻譯是反叛；由中譯英，更是反叛。因為這兩種語言有天壤之別。中文字是單音的，英文一字數音不等。同時，中文音調抑揚，這給予他們的詩文一種音樂幅度。它比英文簡短明快，因此這書冊的中文原作都比譯文短得多。文法上，兩者之間也極少雷同。語尾和動詞的轉變，在中文是子虛烏有。同一字可用作名詞、形容詞、副詞或動詞。但既使在譯文中謝馨的詩也啟示良多。在她的世界，走過一道「旋轉門」就成為一樁超現實的經驗。羅哈士大道的填海新生地引出形而上的問題：

在新生地上還能感覺到海的波動嗎？

水平線會不會提高？

魚兒還能不能找到牠們的家？

傳統中國詩在唐朝達到顛峰。那年代正式編纂成冊的不下於九百卷。這些詩有一共同主題：崇尚自然。謝馨的詩從這傳統別開途徑。她的詩時常探討自然與人文的衝擊。「建築物」，即是一個例子。

詩都有傳記性。謝馨的詩更具有赤裸裸的傳記性。「職業：空中服務」和「機場」反映她當空中小姐的日子。她在馬尼拉的歲月永存不朽於她的詩篇，而且非常深刻的進入菲律濱的事物：「鬥雞」、「HALO HALO」，還有，對了，甚至「鴨仔胎」，有她從進化論兼佛家的觀點透視。

媒介是中文，詩章卻是宇宙性的。在某些方面，她偏向西方甚於東方。她的星相組詩寫的不是中國的十二生肖，六十年甲子一週天，而是西方的黃道十二宮。

謝馨不是一個寫詩的人。她是一個真正的詩人——天賦具有內在的視野。你不是讀她的詩。你體驗它們。我看完她的書，接觸到一個偉大的靈魂。

譯者按：阿歷罕德洛・羅細示（ALEJANDRO R. ROCES）是蜚譽菲律濱的學者、報人、作家、兼政壇名士。曾任遠東大學文學院院長、教育部長。現任菲第一大報馬尼拉公報（MANILA BULLETIN）社長。早期小說與專欄著作廣受歡迎。近致力於一系列有關菲國風土人情的專門巨著FIESTA，已有多冊問世。

年表

一九三八　農曆正月初六日誕生於上海。

一九四〇　隨父母搭油輪由滬經港、越入大陸滇、黔轉赴四川重慶、成都居三臺。

一九四七　隨父母由長江搭船返滬。

　　　　　就讀青白小學。

一九四九　由滬抵臺。

　　　　　就讀東門國小，泰北女中。

　　　　　曾遷居臺南，居住三年，就讀光華女中（初中畢業）。長榮女中（高一半年）。回臺北

　　　　　仍就讀泰北女中至高中畢業。

一九五五～六　國立藝專影劇科一年肄業，演出舞臺劇《花好月圓》，《大漢復興曲》。

一九五六～七　服務基隆海關聯檢處。

一九五七～八　服務正聲廣播公司，任國語播音員。

一九五八～六〇　任職中國空軍專機中隊，空中服務組。
　　參與銀星影業公司影片《金色年代》演出。
　　參與中國電影片廠影片《鐵甲雄師》演出。

一九六〇～一　任民航空運公司機場地勤工作員。

一九六二　中影情商調借參與影片《音容劫》演出。

一九六一～四　任民航空運公司空中服務員。

一九六四　與李益三結婚，定居馬尼拉。

一九六五　長女李懿生。

一九六六　次女李韻生。

一九六七　長子李維生。

一九六八　應菲中正學院之邀演出《春暉普照》話劇。

一九七二　次子李恩生。

一九八〇　譯作《變：麗芙・烏嫚傳》由臺北聯經出版社出版。女性雜誌連載一年。

一九八二　開始寫現代詩，作品多發於菲華聯合日報文藝副刊及臺北諸報章雜誌。
　　加入菲華文藝協會。

一九八六　〈粧鏡詩〉三首入選臺北七十四年度詩選。

一大八七　〈電梯〉入選臺北七十五年度詩選。
　　加入菲律濱「千島詩社」。

一九八七　任菲律濱福華電視公司國語新聞播音員。（一年）
〈脫衣舞〉入選臺北聯合報詩人節最佳短詩創作。
詩作四首收入菲華詩選——《玫瑰與坦克》

一九八八　加入菲律濱「萬象詩社」。

一九八九　〈單純〉入選臺北七十八年度詩選。

一九九〇　詩集《波斯貓》出版（臺北殿堂出版社）。
詩集《說給花聽》（臺北殿堂出版社）（中英對照，英譯者施約翰）
英譯詩〈席朗女將軍〉、〈瑪麗亞·克拉瑞〉及〈蘇瑞佬佬〉先後入選菲專欄作家ISAGANI R. CRUZ七、九、十一月最佳詩作。

一九九一　加入臺北「創世紀詩社」。
應邀參加美國愛荷華國際寫作班。

一九九二　作品兩首收入《菲華文藝》選集。

一九九三　〈都市哨子風〉入選臺北八十二年度詩選。

一九九三　應邀出席新加坡國際文藝營並擔任金獅獎現代詩評審。

一九九四　赴臺灣參加創世紀詩社四十週年社慶。詩作數首獲優選獎。
散文〈望遠〉收入臺灣聯合報副刊出版《名家散文選》。
〈王彬街〉（英譯）收入英國東南亞旅遊文學伴侶。
（Travelers Literary Companion To Southeast Asia England, 1994）

一九九五　〈電梯〉入選九歌文庫《新詩三百首》。
赴美New Hampshire Manchester居住一年，曾於波新布夏學院寫作班選修。

一九九八　參加舊金山第五屆「海外華文女作家寫作協會」大會。

一九九九　應邀出席新加坡作家協會及新加坡國立大學藝術中心聯辦「人與自然——環境文學」國際研討會。
〈阿狄・阿狄罕〉收入菲華文經總會出版《菲華文藝選集》。
《謝馨新詩朗誦》問世。並於十二月二十三日於馬尼拉泛太平洋大酒店舉行CD新詩朗誦會。

二〇〇〇　九月出席廣東桂林第五屆國際詩人筆會。
參加十一月汕頭第十一屆世界華文文學國際研討會。

二〇〇一　參加福州「菲華文學研討會」，並遊武夷山。
參加第六屆（大連實德）國際華文詩人筆會。
《石林靜坐》詩集由菲律濱永久出版社出版。

二〇〇二　溫哥華參加第七屆海外華文女作家大會。
《石林靜坐》詩集獲華僑救國聯合總會，海外華人文學著述獎，詩歌類第一名。

二〇〇三　參加臺灣第五屆世界華文作家大會。
詩作〈花迷〉參加臺灣農委會，臺北藝術大學，聯合副刊聯合主辦「送花一首詩」徵詩活動，於一千二百六十五首中，入選為最佳二十首之一。

二〇〇五　參加澳門世華第六屆大會。

二〇〇六　參加上海海外華女作家大會。

二〇〇七　參加亞華作家協會伊斯坦堡會議。

二〇〇七　六月《謝馨散文集》由王國棟文藝基金會出版。

Index

Introduction

Alejandro R. Roces

Translation is treason; done from Chinese to English, it is high treason. For the two languages are worlds apart. Chinese characters are monosyllabic; English words have varying number of syllables. Too, Chinese is tonal and this gives their prose and poems a musical dimension. It is terser, and more concise than English, which is why the Chinese originals in this book are all much shorter than their translations. Grammatically, the two have also very little in common. Declensions and conjugations do not exist in Chinese. The same character can function as a noun, an adjective, an adverb or verb. But even in translation the poems of Grace Hsieh-Hsing are revelations. In her world, walking through a Revolving Door becomes a surrealistic experience. The Roxas Boulevard Reclamation raises metaphysical question:

Will the sea's swell still be felt in reclaimed land?
Will it heighten the horizon?
Can the fish still find their homes?

Traditional Chinese poetry culminated in the T'ang dynasty. No less than 900 volumes were officially compiled during that era.

The poems shared a common theme: nature worship. Grace Hsieh-Hsing's poems are a departure from that tradition. Her poems often deal with clash between nature and culture. The Edifice is one example.

All poetry is biographical. But Grace Hsieh- Hsing's literally biographical. Profession: Airborne Service and Airport reveal her days as a flight stewardess. Her years in Manila are immortalized in her poems and go very deeply into things Filipino: Sabung, Halo-halo, and, yes, even Balot, which she sees from a Darwinian and Budhistic point of view.

The medium is Chinese but the poems are universal. In some aspects, she is more Western than Eastern. Her horoscopic poems are not about the Chinese Twelve-year cycle, that takes 60 years to complete, but about the Western 12-month calendar. Grace Hsieh-Hsing is not a versifier. She is a true poet-gifted with inner vision. You don't read her poems. You experience them. I went through her book and met a great soul.

The Best of October

by Isagani R. Cruz

The Philippine STAR/November 25,1990

CRITIC AT LARGE ISAGANI R. CRUZ

Best of September were the short story included by Joaquin Sy in his “Isang kwentong pambata para sa hindi na bata” (Tulay, Sept.30) and “Asin” by Kyrene Soriano(Midweek, Sept. 19). Particularly worth reading in “Asin,” a story about a sociology teacher whose friendship by correspondence with a rebel leads to her decision to commit herself more actively to her country. Among the best of the September poems was ‘La Generala” (United Daily News, Sept. 6), written in Chinese by Grace Hsieh-Hsing and translated into English by John Shih. It’s too bad I cannot read Chinese; the translation indicates that the Chinese poem may be a masterpiece by a Chinese-Filipino poet.

The Best of November

by Isagani R. Cruz

STARWEEK The Sunday magazine of The Philippine STAR
December 30,1990

Not as much a believer in feminism as Reyes, Hsieh-Hsing agonizes over the role of Maria Clara in today's society. The nineteenth-century image of the Filipina as painted by Jose Rizal (although there are serious reasons to believe that Rizal did not mean Maria Clara to be taken as a model for Filipinas) seems not to be appropriate for our times, yet she may be just what we need. In John Sy's translation, the poet wonders about Maria Clara: "Perhaps you'd switch to a miniskirt, blue jeans/squeeze into the parading crowd/ and yell slogans of women's rights." This "liberated" image quickly dissolves, however, into a nostalgic description of Maria Clara in church "the glossy coiffure/clasped with a laced kerchief." Women can't have it both ways, and Hsieh-Hsing is not sure exactly which way is best.

Feminism has become a powerful force in our society today, not only in politics and social action, but in literature.

Consumido who ignore feminist sensibilities are taking great risk that in the future, when feminists will almost certainly wield academic and aesthetic power, they will be ignored.

Critic At Large Isagani R. Cruz
Critic's choice of poems for November

1. 'Storya, by Lina Sagaral Reyes (Midweek, Nov.7-14)
2. Kay Richard de Zoysa, Sri Lanka, by Perfecto G. Caparas II (Midweek, Nov.28)
3. Maria Clara, by Grace Hsieh-Hsing, translated from Chinese into English by John Sy (United Daily News, Nov. 1)
4. Ano ba ang Tula?, by Manuel Principe Bautista (Liwayway, Nov. 12)
5. Migrante, by Fidel Rillo (Midweek, Nov.7-14)
6. Huling Kabanata ng Isang Epiko, by V. de la Cruz (Liwayway, Nov.19)

Hope eternal

By FELICE STA. MARIA

THE PHILIPPINE STAR PAHIYAS

Filipino poet Grace Hsieh-Hsing, who
writes in Chinese, captures the spirit of
change in "Reclamation Area Thoughts."
Standing on the reclaimed land
after the sea was filled.
can the movement of the sea
still be felt?
After those waters were pushed into
the ocean
will the horizon
be raised a trifle?
and those drifting fishes
that have been coming and going
will they go astray
and lose their way home?
Will Neptune break into sudden anger
And accuse man for invading his sovereign sea?
Moonlight shines in tranquility
and coconut trees wiggle gently

and we start the big conversation…
The tale of Yu Kung's effort to move a mountain…
The myth of dispatching the wind and the rain…
The miracle of turning the day into the night…
And many many
wondrous twisting of events…
The need for renewal is inherent in cultures the
world over. The Jan.1 celebration comes from
a Roman calendar that plot the sun's cycle. The
Chinese calendar follows moon movement. Having
more than one new year annually gives peace a fight-
ing chance.

Sundry Strokes Refreshing Discovery

By ROSALINDA L. OROSA

My recent trip to China was a tremendous learning experience. Rita C. Tan, the country's foremost ceramics expert, took members of the Oriental Ceramics Society of the Philippines to various museums, and though I occasionally felt like an outsider looking in, I established a common bond with three of my traveling companions, having made the refreshing discovery that they write.

The first of these – she's no writer by avocation – is the formidable poet grace Hsieh-Hsing who contributes to the literary page of the Chinese United Daily News. Her collection of poems To the Flowers carries an English translation by John Shih, and an introduction by Alejandro R. Roces, a highly esteemed writer himself who reveals, in his comments, a thorough conversance with the structure of the Chinese language.

Mr. Roces writes in part: "Traditional Chinese poetry culminated in the T'ang dynasty. No less than 900 volumes were officially compiled during that era. The poems shared a common theme: nature worship. Grace Hsieh-Hsing's poems are a departure from that tradition. Her poems often deal with the clash between nature and culture.

"All poetry is bibliographical. Her years in Manila are immortalized and go very deeply into things Filipino: Sabung, Halo-halo, and yes, even Balut, which she sees from a Darwinian and Buddhistic point of view.

"Grace Hsieh-Hsing is not a versifier. She is a true poet gifted with inner vision. You don't read her poems. You experience them. I went through her book and met a great soul."

Curriculum Vitae

BRIEF PERSONAL RECORD

Name: Grace H. Lee
Maiden Name: Hsieh, Hsing
Born: January 6, 1938 Shanghai, China
Home Address: 12-A Greenrich Mansion, Pearl Drive cor. Lourdes St. Ortigas Complex, Pasig, Metro Manila, Philippines
Marital Status: Married, four children
Spouse: Ignacio C. Lee
Citizen: Filipino
Telephone: 6332973, 6339184
Fax: 632-706-1121

Educational Background:

Graduated from Taipei Girls' High School, 1955
Attended Taiwan National College of Fine Arts, majoring in Dramatic Arts, 1956
Attended International Writing Program at University of IOWA, IOWA, USA
Attended English Seminar continuing Education at New Hampshire College, USA

AS A WRITER

Publications:

BOOKS:

Changing (translation of Liv Ullman's Autobiography, English to Chinese), 1980

The Persian Cat (poetry), 1990

To the Flowers (with English translation by John Shih), 1990

Meditation In Stone Forest (Poetry), 2001

Essays by Grace Hsieh-Hsing, 2007

Compact Disc:

Mandarin Poetry Reading, Written and Read by Grace H. Lee, 1999

Honours:

1. "Striptease"- among the seven award winning poems chosen from hundreds of entries in the Short Verse Contest sponsored by the United Daily News on the occasion of the Poet Day in 1987, Taipei
2. 5 Poems winning the Superiority Award from The Epoch in1994
3. "Eyebrows", "Rouge on the Lips", and "Blue Eye Shadow" included in Taiwan's Selected Poems of the year in 1985.
4. "The Elevator" included in Taiwan's Selected Poems of the year in 1986.
5. "Simplicity" included in Taiwan's Selected Poems of the year in 1989.

6. "City Wind" included in Taiwan's Selected Poems of the year in 1993.
7. "La Generala" (English translation) selected as the Poem of the Month for September by Prof. Isagana Cruz in "Critic-At-Large" in Panarama in 1990.
8. "Maria Clara" (English translation) selected as the Poem of the Month for November by Prof. Isagana Cruz in "Critic-At-Large" in Panarama in 1990.
9. "Tandang Sora" (English translation) selected as the Poem of the Month for July by Prof. Isagana Cruz in "Critic-At-Large" in Panarama in 1991.
10. "Ongpin Street" (English translation) included in Traveller's Literary Companion to Southeast Asia, England, 1994.
11. "Elevator" included in Three Hundred Modern Poetry of Nine-Song Literary Assos. Taipei.
12. "Meditation in Stone Forest" won first prize in the Poetry Category sponsored by the Federation of Overseas Chinese Assos. In 2002
13. "Flower Fan" was selected as the twenty best poems from among one thousand six hundred twenty-five entries in the competition titled "A Poem for Flowers" which was held under auspices of Taiwan Agricultural Bureau, Taipei University of Fine Arts and the Taiwan United Daily News.

Literary Activities:

1. The "International Writing Program" In 1991, IOWA, U.S.A.
2. International Literary Camp judge in Golden Award on Poetry, Singapore, 1992.
3. The Fifth "International Women's Writer's Association

Convention in San Francisco in 1998.

4. International Conference on "Man and nature Literature on the Environment, Singapore, 1999.
5. The Fifth International Poet's Pen Club in Kwai-Lin, China in September 2000.
6. The 11th International Chinese Literature Convention in Shanton, Guang Dong, China in November 2000.
7. The Phil - Chinese Literature Conference in Fiu – Chow in May 2001.
8. The Fifth South -East Asia Phil – Chinese Literature Conference in Xiamen University in 2002.
9. The 7th International Women's Association Convention in Vancouver in 2002.
10. The Fifth World – Chinese Writer's Conference in Taipei 2003.
11. The Sixth World – Chinese Writer's Conference in Macao 2005.
12. The Sixth International Oversea Chinese Women Writers Conference in Shanghai in 2006.
13. Asia-Chinese Literary Confevance in Istonbulin 2007.

Lectures:

A. "The appreciation of Modern Poetry" under the auspices of the Philippine-Chinese Literary Arts Association in 1989, Manila.
B. "Modern Poetry", under the auspices of the Asian Chinese Writers Association in 1990, Manila.
C. "Fascination of Poetry" under the auspices of the PBLI (Philippines Buddhism Light International Association) in November 2002.

Affiliations: Memberships of Association, etc.

A. Philippine-Chinese Literary Arts Association Board Member.
B. Thousand-Island Poetry Society, Manila, Member.
C. Wan-Xiang Poetry Society, Manila, Member.
D. Epoch Poetry Society, Taipei, Member.
E. Asia-Chinese Writers Association, Board Member.

國家圖書館出版品預行編目

來中望所去　去中覓所來：謝馨詩作賞析 / 施穎洲等著. -- 一版. -- 臺北市：菲華文藝協會, 2010. 02
面；　公分. --（語言文學類；ZG0067）（菲律賓・華文風叢書；4）
BOD版
ISBN 978-986-85976-0-0（平裝）

1. 謝馨　2. 海外華文文學　3. 新詩　4. 詩評

850.9　　99000489

語言文學類　ZG0067

菲律賓・華文風 ④

來中望所去　去中覓所來

——謝馨詩作賞析

作　　者 / 施穎洲　等
主　　編 / 楊宗翰
出 版 者 / 菲華文藝協會
執行編輯 / 胡珮蘭
圖文排版 / 鄭維心
封面設計 / 陳佩蓉
數位轉譯 / 徐真玉　沈裕閔
圖書銷售 / 林怡君
法律顧問 / 毛國樑　律師
印製經銷 / 秀威資訊科技股份有限公司
台北市內湖區瑞光路583巷25號1樓
電話：02-2657-9211　傳真：02-2657-9106
E-mail：service@showwe.com.tw
經 銷 商 / 紅螞蟻圖書有限公司
台北市內湖區舊宗路二段121巷28、32號4樓
電話：02-2795-3656　傳真：02-2795-4100
http://www.e-redant.com

2010 年 2 月　BOD 一版
定價：320 元

讀 者 回 函 卡

感謝您購買本書，為提升服務品質，煩請填寫以下問卷，收到您的寶貴意見後，我們會仔細收藏記錄並回贈紀念品，謝謝！

1.您購買的書名：____________________

2.您從何得知本書的消息？

□網路書店 □部落格 □資料庫搜尋 □書訊 □電子報 □書店

□平面媒體 □ 朋友推薦 □網站推薦 □其他________

3.您對本書的評價：(請填代號 1.非常滿意 2.滿意 3.尚可 4.再改進)

封面設計____ 版面編排____ 內容____ 文/譯筆____ 價格____

4.讀完書後您覺得：

□很有收獲 □有收獲 □收獲不多 □沒收獲

5.您會推薦本書給朋友嗎？

□會 □不會，為什麼？____________________

6.其他寶貴的意見：____________________

____

____

____

讀者基本資料

姓名：________________ 年齡：_____ 性別：□女 □男

聯絡電話：______________ E-mail：________________

地址：____________________________

學歷：□高中(含)以下 □高中 □專科學校 □大學

□研究所(含)以上 □其他____________

職業：□製造業 □金融業 □資訊業 □軍警 □傳播業 □自由業

□服務業 □公務員 □教職 □學生 □其他__________

請貼
郵票

To：114

台北市內湖區瑞光路 583 巷 25 號 1 樓

秀威資訊科技股份有限公司　　　收

寄件人姓名：

寄件人地址：□□□

- -

(請沿線對摺寄回,謝謝!)

秀威與 BOD

BOD（Books On Demand）是數位出版的大趨勢，秀威資訊率先運用 POD 數位印刷設備來生產書籍，並提供作者全程數位出版服務，致使書籍產銷零庫存，知識傳承不絕版，目前已開闢以下書系：

一、BOD 學術著作—專業論述的閱讀延伸
二、BOD 個人著作—分享生命的心路歷程
三、BOD 旅遊著作—個人深度旅遊文學創作
四、BOD 大陸學者—大陸專業學者學術出版
五、POD 獨家經銷—數位產製的代發行書籍

BOD 秀威網路書店：www.showwe.com.tw
政府出版品網路書店：www.govbooks.com.tw

永不絕版的故事・自己寫・永不休止的音符・自己唱